雨月物語

うげつものがたり

下

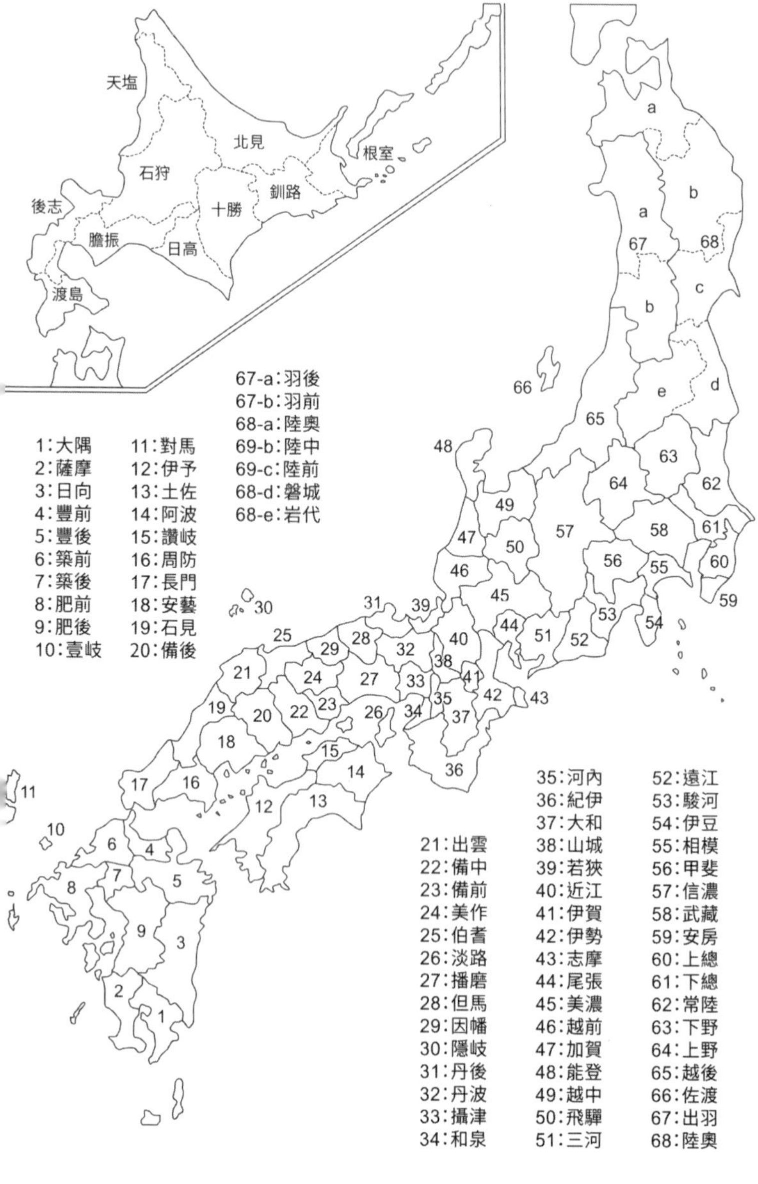
天塩
北見
根室
石狩
釧路
後志
十勝
膽振
日高
渡島
67-a:羽後
67-b:羽前
68-a:陸奧
69-b:陸中
69-c:陸前
68-d:磐城
68-e:岩代
1:大隅
2:薩摩
3:日向
4:豐前
5:豐後
6:築前
7:築後
8:肥前
9:肥後
10:壹岐
11:對馬
12:伊予
13:土佐
14:阿波
15:讚岐
16:周防
17:長門
18:安藝
19:石見
20:備後
21:出雲
22:備中
23:備前
24:美作
25:伯耆
26:淡路
27:播磨
28:但馬
29:因幡
30:隱岐
31:丹後
32:丹波
33:攝津
34:和泉
35:河內
36:紀伊
37:大和
38:山城
39:若狹
40:近江
41:伊賀
42:伊勢
43:志摩
44:尾張
45:美濃
46:越前
47:加賀
48:能登
49:越中
50:飛驒
51:三河
52:遠江
53:駿河
54:伊豆
55:相模
56:甲斐
57:信濃
58:武藏
59:安房
60:上總
61:下總
62:常陸
63:下野
64:上野
65:越後
66:佐渡
67:出羽
68:陸奧

日本令制國圖

日本歷史年表

紀元前	繩文時代 彌生時代
一世紀 二世紀	彌生時代
三世紀 四世紀 五世紀	古墳時代
六世紀 七世紀	飛鳥時代
八世紀	奈良時代
九世紀 十世紀 十一世紀 十二世紀	平安時代
十三世紀	鎌倉時代
十四世紀 十五世紀	室町時代
十六世紀	安土桃山時代
十七世紀 十八世紀	江戶時代
十九世紀	明治時代
廿世紀	大正・昭和時代
廿一世紀	平成時代 （二〇一九年新日皇繼位）

關於江戶時代，你一定要知道的名詞

賴庭筠

在了解秋成這個人後，《雨月物語 下》，我們要邀請讀者與編輯部一起透過50個關鍵字來瀏覽江戶，與江戶時代。編輯部也因應這50個關鍵字，找來相關的插圖，希望能夠讓讀者對故事的背景有更多了解。

西元一六〇〇年十月廿一日[1]，德川家康率領的東軍與石原三成等人率領的西軍於關原開戰，雙方死傷數以萬計。最後西軍因小早川秀秋叛變等一連串的失利而戰敗，而德川家康（一五四三年—一六一六年）一統天下。

◇**關原之戰**結束後三年——亦即一六〇三年——德川家康受天皇任命為征夷大將軍，拉開江戶幕府（一六〇三年—一八六七年）的序幕。

◇**幕府**一詞源自中國，指古代軍中將帥治事之處。算起來，江戶幕府是日本史上第三個，也是最後一個幕府。第一個幕府是一一九二年由源賴朝（一一四七年—一一九九年）建立的鎌倉幕府（一一九二年—一三三三年）、第二個幕府是一三三八年由足利尊氏（一三〇五年—一三五八年）建立的室町幕府（一三三八年—一五七三年）。不過也有人認為一直到了江戶時代，人們才開始以「幕府」稱呼當時的政權。

◇ **征夷大將軍**原本的職責為對抗蝦夷族，與其他大名一樣由天皇管轄；但掌握日本的實質政權，地位相當於現在的內閣總理大臣。

◇ **日本皇室**號稱「**萬世一系**」，是世上現存最古老的皇室，自首任**神武天皇**一脈相傳。儘管昭和天皇因第二次世界大戰戰敗，於一九四六年發表《**人間宣言**》，承認天皇是人而非神，但時至今日，天皇仍是日本與其人民的象徵，在人民的心中神聖而不可侵犯。江戶時代，**征夷大將軍**坐鎮江戶（現今的東京）而以「**上方**」稱呼當時天皇居住的京都與其周遭的地區。

◇ **東照宮**為江戶幕府一六一七年於日光興建的神社，祭祀死後而神格化的德川家康——東照大權現。之後，日本各地的大名爭相興建分社，而以日光東照宮為總本社。

神田祭因德川家康信奉神田大明神而自江戶時代起盛大舉辦，至今仍每兩年舉辦一次。主辦神社為位於現今東京都千代田區的神田神社。

◇一直以來，人們以為江戶時代以士農工商——武士、農民、工匠、商人——的順序區分階級，但一九九〇年代的研究推翻了這種說法。唯一可以肯定的是江戶時代採兵農分離政策，確保公家（貴族）與武士等「人外＝統治者」的地位，其他「平人＝被統治者」的地位沒有明顯的高低之分。當時稱農民為「百姓」；稱工匠、商人等職業為「町人」。

1 日本於一八七二年（明治時代）導入陽曆（西曆），在那之前都使用陰曆。為求統一，本文的時間一律以陽曆標示。

◇ **苗字帶刀**是武士「以姓氏示人」「攜帶武士刀」的特權。**平人**不能以姓氏示人，必須以**屋號**取代。

◇ 《**三貨圖彙**》（一八一五年出版）指出江戶時代一直以來流通的貨幣包括金、銀與錢幣「**寬永通寶**」。貨幣與產業的發達，使坐擁財富的商人權勢漸重。到了江戶中期，商人對政治、經濟的影響力甚至超越部分武士。

◇ 《**守貞謾稿**》為據說出生於浪速（現今的大阪）的**喜田川守貞**從

一八三七年開始，記錄江戶時代三都（現今的東京、京都與大阪）風俗、習慣與制度的百科全書。撰寫約卅年的《守貞謾稿》前、後集共卅五卷，但一直沒有正式出版，到了明治時代才翻刻。

◇

江戶子一詞目前已知最早出現於一七七一年的「川柳評萬句會」中的作品——「穿草鞋的江戶子真吵」（江戸ッ子のわらんじをはくらんがしさ）。起初是江戶庶民的代名詞，後來才有「連續三代出生於江戶」這樣比較嚴格的定義。江戶子給人豪爽、大方、注重人情的印象，同時也有衝動、易怒、揮金如土的一面。

◇

「滅火與吵架是江戶的獨特風景」（火事と喧嘩は江戸の花）。江戶時代發生過數次大規模的飢荒、地震、火山爆發等災害，頻繁的火災使江戶有「火災都市」之稱。其中，一六五七年三月二日發生的**明曆大火**足足延燒三天，逾十萬人死亡。火災頻繁的主因是人口與建築物過於密集、當地氣候助長火勢等。

除了身分制度，江戶幕府也嚴格限制人們的宗教信仰。江戶時代初期——一六三七年十二月十一日，遭受島原藩迫害的**百姓**結合屢屢被打壓的基督教徒爆發近半年的**島原之亂**，一直到一六三八年四月十二日才結束。那是日本史上規模最大的一揆。

◇ 一**揆**意指「為相同政治或軍事目標而團結一致」。不過江戶幕府禁止**平人一揆**，因此一揆逐漸成為「叛亂、暴動、民變」的代名詞。

◇**寺請制度**亦稱**檀家制度**，規定人民必須向特定寺院申請**證文**，證明其為信奉佛教的檀家而非基督徒。江戸幕府於一六一二年頒布禁教令、一六二九年更規定人民**踏繪**——踩踏基督教聖像——象徵背棄基督教的決心。

◇**鎖國**是江戸幕府為了避免基督教再次介入一**揆**而實施的政策，但沒有明文使用此名稱，對人們的影響也不大。當時中國人與荷蘭人頻繁於長崎的人工島「**出島**」與日本人貿易、**對馬藩**積極與朝鮮交流，而受**薩摩藩**統治的**琉球王國**也經常派人前往江戸。一直到一八〇一年，也就是江戸時代後期，蘭學家**志築忠雄**翻譯德國醫師及博物學家坎培爾（Engelbert Kaempfer）出版的《日本誌》時，才創造了**鎖國**一詞。

◇ **蘭學**泛指江戶時代由荷蘭人傳入日本的歐洲學術、文化與技術，故得其名。事實上，江戶時代的教育水準很高——除了蘭學塾，江戶時代還有**昌平黌**（後稱「昌平坂學問所」）、**藩校**、**寺子屋**、**鄉學**、**私塾**等教育機構，滿足人們旺盛的求知欲。

◇ **儒學**（**朱子學**）是江戶時代的主流，且結合日本的國學，發展出許多門派。到了江戶時代中期，除了興盛的**儒學**與**蘭學**，日本獨特的道德哲學——**心學**也變得普及。

江戶時代沒有鐘，以日出、日沒大略區分時間。當時人們稱正午（午時）、午夜（子時）為「九之時」，每兩小時倒數「八之時」「七之時」「六之時」

「五之時」「四之時」，再回到「九之時」。前文提及的**寺子屋**通常自上午的「五之時」上課至下午的「八之時」。因此孩子們回到家中吃的點心「OYATSU」即是從「八之時」的「八」（YATSU）演變而來。

◇ **江戶料理**最為人所知的有蕎麥麵、壽司、天婦羅與蒲燒鰻魚。其中，蕎麥麵、壽司、天婦羅又稱「江戶三味」。

◇ **砂糖**以往在日本是必須倚賴進口的珍貴食材。江戶幕府為減少金、銀、銅等貨幣原料的消耗，於江戶時代中期限制中國與荷蘭進入日本的船隻與貿易金額，同時獎勵國內生產砂糖等進口貨物。不過白砂糖仍得倚賴進口，故**上方**製作的**京菓子**、獻給**上方**的**上菓子**才能使用；江戶常見的點心——**駄菓子**則是使用國內生產的黑砂糖。

◇

日本茶在江戶時代前期仍為**茶道**2使用的奢侈品。不過隨著茶成為重要的出口貨物，產量不斷增加，**町人**、**百姓**也開始飲用。受到明、清以茶葉沏茶的影響，日本文人也開始於聚會時「以土瓶熱水、放入茶葉煎煮，再以茶碗飲用」，稱為**煎茶**。**煎茶**於江戶時代形成一種文化，而有**煎茶道**之稱。明末清初自中國前往日本，創建**萬福寺**而為**黃檗宗**開山祖師的**隱元隆琦**被視為日本**煎茶道**的起源。

「**粹**」（IKI）與「**通**」（TSU）是一種對美的追求、對崇尚人生極致的態度。「**粹**」形成於江戶時代前期，而「**通**」出現於江戶時代中期。簡單來說，包括乾淨俐落、知所進退、熟諳人情世故、有所堅持卻不過於拘泥小節等，都可以說是「**粹**」與「**通**」。頻繁的天災人禍使江戶時代的人們（尤其是江戶子）有了人生無常需及時行樂的價值觀。加上江戶時代中期後，人們的經濟能力提升，使江戶時代盛行各種表演與娛樂。表演除了**人形淨瑠璃**、**歌舞伎**，還有**舞踊**、**落語**、**三味線**等。包括欣賞表演，**骰子**、**花牌**等賭博也是當

2 目前一般所謂的「茶道」當時稱「茶湯」「茶之湯」異於文後提及的「煎茶道」，飲用將碾茶（遮蔭栽培後摘採、殺菁、乾燥的綠茶）磨粉的抹茶。

時相當重要的娛樂。

◇**吳服店**（**吳服屋**）販售和服，於江戶時代擴大規模、改變經營形態，成為現代百貨公司的前身。

◇**花火**原本是在災害後為悼念罹難者、激勵倖存者而施放，且江戶幕府於一六四八年規定只能在**兩國大川**（現今的隅田川）施放。目前已知歷史最悠久的花火業者是江戶的**鍵屋**，分家**玉屋**與其齊名。一直到現在，人們欣賞隅田川花火時，偶爾還是會歡呼「鍵屋」（KAGIYA）「玉屋」（TAMAYA）。

◇**浮世繪**是江戶時代形成的繪畫風格，因影響歐洲印象派而舉世聞名。目前已知**浮世繪**一詞最早出自**井原西鶴**的《**好色一代男**》（一六八二年出版）。菱川師宣、喜多川歌麿、葛飾北齋、歌川廣重等浮世繪畫家以線條簡練、色彩明豔的木版畫，描繪風俗、人物、風景等各種主題，呈現當時的庶民生活。

◇**櫻花**是一年四季賞花的重頭戲，現今最受歡迎的**染井吉野櫻**是江戶末期培育出來的品種。

◇**五街道**由江戶幕府為穩定政權而整修，以江戶的日本橋（一六〇三年搭建木橋，現在的石橋於一九一一年竣工）為起點向外延伸。整修順序為**東海道**、**日光街道**（後稱日光道中）、**奥州街道**（後稱奥州道中）、**中山道**（亦有木曾街道、木曾海道等別稱）、**甲州街道**（後稱甲州道中）。其中，**東海道**與**中山道**分別以山線與海線通往上方的京都、**日光街道**通往日光東照宮、**奥州街道**通往奥州（現今的福島縣）、**甲州街道**經甲州（現今的山梨縣）於下諏訪宿（現今的長野縣下諏訪町）併入**中山道**。**五街道**使宗教巡禮、觀光旅遊變得方便許多。

◇

宿場設置於**五街道**，有許多不同功能的設施。包括辦理業務的**問屋場**、供武士與公家住宿的**本陣**與**脇本陣**、供一般旅客住宿的**旅籠**等。其中，**東海道**上五十三個**宿場**合稱「**東海道五十三次**」，因為是和歌、俳句與浮世繪常見的題材而最為知名。

茶屋原本是提供休息場所並販售茶與點心的地方，但到了江戶時代，出現五花八門的茶屋。包括設置於各地提供將軍使用的「**御茶屋**」；在路邊、寺廟或神社境內提供茶水的「**水茶屋**」（亦稱「**掛茶屋**」）。販售茶葉的「**葉茶屋**」；為**歌舞伎**、**人形淨瑠璃**等表演的觀眾提供餐飲的「**芝居茶屋**」；專門提供美食而成為料亭前身的「**料理茶屋**」。此外，**井原西鶴**《**好色一代男**》等書提及的「**陰間茶屋**」、**近松門左衛門**《**心中重井筒**》等書提及的「**色茶屋**」，是提供性服務的茶屋。**陰間**是指提供性服務的男性，多為未滿廿歲的**若眾**；提供性服務的女性則稱為**遊女**。

◇ **遊廓**首見於安土桃山時代，簡單說就是政府規劃的公娼風化區。當時經豐臣秀吉許可，大阪、京都興建了幾處**遊廓**。到了江戶時代，一六一二年，江戶日本橋附近也興建了**吉原遊廓**。**吉原遊廓**經**明曆大火**後一分為二，遷移至淺草附近的稱「新吉原」，原本的則稱「舊吉原」。同時，私娼聚集的地方稱為**岡場所**。

◇ **置屋**是遊廓裡**遊女屋**的別稱。經營**置屋**的老闆或前往**遊廓**消費的客人都稱為**忘八**，八指八德——仁義禮智信忠孝悌。**忘八**除意指缺乏道德觀念，也有樂不思蜀的涵義。

◇ **太夫**[3]是大阪等地**遊廓**中最高等級的**遊女**，兼具美貌與教養。江戶**吉原遊廓**甫興建時也有數名**太夫**，爾後改稱**花魁**。

◇ **花魁道中**是指**花魁**由**禿**（約十至十五歲，負責照料花魁的生活起居）、**振袖新造**（十五、六歲的實習遊女）等人陪伴，自**置屋**前往客人所在之處**引手茶屋**或**揚屋**。**太夫道中**亦同。**道中**時，**太夫**步伐為內八字、**花魁**

步伐為外八字，而據說至少得練習三年才能順利走完全程。

除了上述娛樂，江戶時代的人們——無論男女老少——也喜愛閱讀。不過當時的書很貴，**井原西鶴**的《**好色一代男**》一本曾要價高達兩千五百文，足足是高級木工五天的酬勞。因此人們大多是向巡迴各地的**貸本屋**借書，而**貸本屋**也會依照人們的喜好推薦書。據說光是江戶，**貸本屋**就曾多達八百間。**戲作**是江戶時代流行的通俗小說，大致上可分為洒落本[4]、人情本、談義本、滑稽本、讀本與草雙紙。

◇ **洒落本**大多書寫於**遊廓**享樂的所見所聞，在當時也像是**遊廓**的導覽。

◇ **人情本**亦稱**泣本**，簡單說就是賺人熱淚的戀愛小說，讀者多為女性。相對於**洒落本**的主角大多是**遊女**與客人；人情本的主角大多是**町人**。**為永春水**的《**春色梅兒譽美**》描述病弱而懷才不遇的丹次郎與米八、阿長兩名女性之間的三角關係，可以說是具代表性的**人情本**。

◇**談義本**模仿僧人說教的口吻，以詼諧的方式諷刺時政。之後問世而以有趣為賣點的**滑稽本**即是受到**談義本**的啟發。

◇**讀本**的文章夾雜大量漢文，有別於其他**戲作**以對話為主，內容大多是勸善懲惡的傳奇。本書作者**上田秋成**即為知名的讀本作家。

◇**草雙紙**的內容大多為插圖，並以**假名**於插圖旁加註說明。因此草雙紙原本大多是兒童讀物，隨著依序發展出**赤本**、**黑本**、**青本**、**黃表紙**、**合卷**等種類，才逐漸受成人歡迎。

一八六七年十一月九日，江戶幕府的第十五代將軍德川慶喜上奏，表達將政權歸還明治天皇之意——史稱**大政奉還**。一八六八年，薩長土肥——薩摩藩、長州藩、土佐藩、肥前藩結合皇室的軍隊以**明治維新**為名推翻江戶幕府。自此日本再次**王政復古**，維持兩百六十餘年的江戶時代也畫下句點。

3 「太夫」一詞除了在遊廓、神社扮演的角色不同，在能劇、淨瑠璃、歌舞伎、三味線等表演中也分別有不同的涵義。

4 「本」在日文中意指「書」，本文保留原文。

賴庭筠，政大日文系畢業，熱愛日語口筆譯、日語教學、採訪撰稿等工作。堅信「人生在世，開心才是正途」。持續累積相關經驗，於從事筆譯第十三年時突破一百二十本譯作，並展開全新的嘗試。

個人網誌　http://hanayusuke.blogspot.com/

1 **石田三成** 關原之戰後，被生擒交由本多正純看管的石田三成。插畫出自《常山紀談》，明治二十年由和陽堂出版。

2 **神武天皇** 神武天皇東征。出自《尾張名所圖會》，明治十三年。

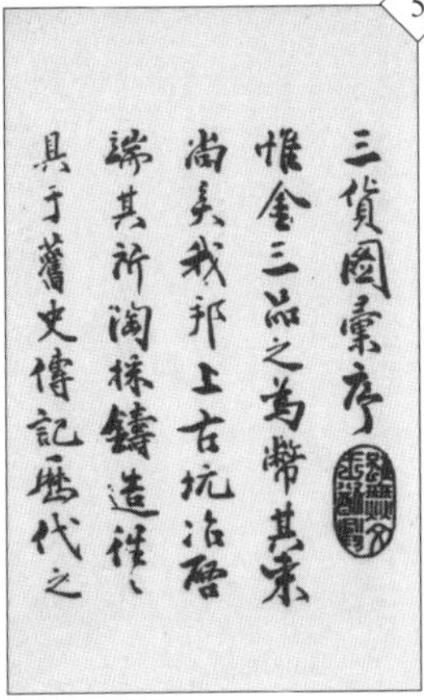
三貨圖彙序
惟金三品之為幣其來
尚矣我邦上古坑冶磨
端其所淘採鑄造往々
具于舊史傳記歷代之

3
增上寺　除了有祭祀家康的東照宮外，江戶也建有德川家埋骨的靈廟——增上寺。小林清親作品。

4
天下御用神田祭禮之圖　神田祭的情形，出自大正十三年出版的《天下御用神田祭礼之図》。

5
三貨圖彙　《三貨圖彙》的內容，出自昭和七年由白東社出版的《三貨圖彙》

7

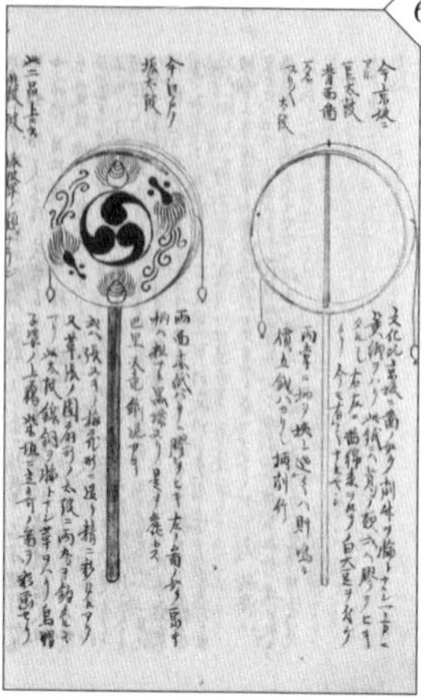

6

8

6 **守貞謾稿** 《守貞謾稿》的內容，江戶後期的版本。

7 **莟花江戶子數語錄江戶子** 歌川國芳的作品，是以江戶子為主題的雙六遊戲，安政三年由蔦屋吉藏出版。

8 **於七吉三浮名繪合** 出自《於七吉三浮名繪合》，主題是少女於七。事件發生在天和大火後，少女於七到自家的檀那寺（菩提寺）避難而遇見她深愛的對象，因而試圖透過再度放火見到對方。本書出版自明治十三年到十五年，出版者與作者都

9

10

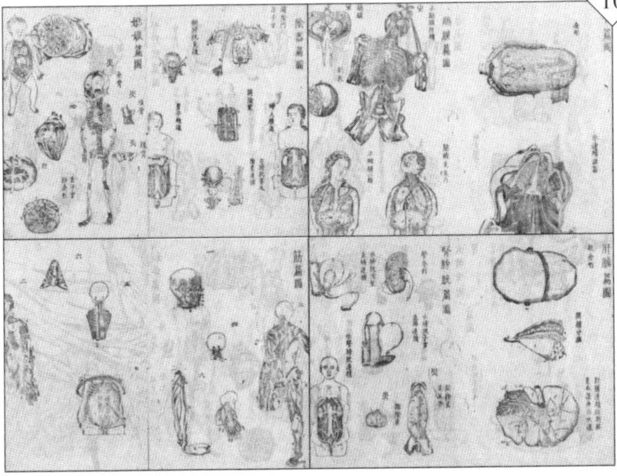

是荒川吉五郎。這個事件後來被井原西鶴寫成小說，收錄入代表作《好色五人女》當中。

9
東海道之內鳳來寺　這幅作品由歌川國貞所繪製，主題除了東海道的名勝外，也呈現出當時寺廟的樣貌。文久三年，由鏈庄出版。

10
解體新書　《解體新書》是蘭學的著名代表，由荷蘭傳入。插圖是安永三年，由須原屋市兵衛出版的版本。

11

市村竹之丞 《江戶名所圖會》這系列作品由多位著名浮世繪畫家合作而成，主題是江戶的著名演員與景點。這幅作品的主角是歌舞伎演員市村竹之丞，景點則是新吉原的月夜櫻。文九三年由加藤清出版。

12

兩國花火之圖 浮世繪畫家小林清親的作品，主題是隅田川旁，從兩國看到的煙火景象。此外，清親也就隅田川繪製不少作品。

13

14

15

13 **東海道五十三次**　東海道建構完成後，著名浮世繪畫家歌川廣重也曾經以此為主題，創作一系列的作品。

14 **東海道箱根**　歌川芳盛繪製，以東海道其中一站——箱根為主題的作品。收錄在《東海道名所風景》系列作中，文九三年由多吉出版。

15 **新吉原八幡樓甲子久**　豐原國周的作品，收錄在《潤色三十六花撰》中，主題都是當時吉原或新吉原的花魁或太夫。明治十四年由武川清吉出版。

目錄

吉備津之釜

據說，某些妒婦死後會變身為蟒，
甚至化作雷電戕害所妒之人。

便在此時，屏風猛地被人拉開，只聽女主人厲聲道：「夫君，久違了！都說惡有惡報，你這浪蕩子也有今天！」

〈吉備津之釜〉《雨月物語》／安和五年
桂宗信繪

俗話說「娶妻娶賢」，如果家中夫人善妒，日子可就不大好過。瞧，有句話還說「妒婦難養，老後方知其功。」[2]！婦人善妒，有百害而無一利；輕者家無寧日，爭執不斷而器物毀損、受鄰人嘲諷；重者國破家亡，貽笑天下。

從古至今受妒婦荼毒者不計其數。據說，某些妒婦死後會變身為蟒，甚至化作雷電戕害所妒之人。嫉妒之心重成這樣的婦人，就算把她千刀萬剮，也難解心頭忿恨。所幸真正蠻橫不講理的妒婦畢竟少見；為人夫者，如能端正言行、養性修身，好好教誨妻子，自然可以避免妒婦帶來的禍害。倘若身為一家之主卻持身不正，放浪輕狂，招致夫人嫉恨、甚至口出惡言、做出惡行，就是自取其禍。常言道：「制禽獸賴以氣勢，制妒婦則在丈夫之雄也。」正是這個道理！

吉備國賀夜郡庭妹鄉，有個名叫井澤莊太夫的富農，祖父曾在播磨國赤松家[3]任事。嘉吉元年[4]戰禍橫起，遂離開赤松家，來到此地定居。到了莊太夫這一輩已歷三代，春耕秋收，日子過得十分富足。

莊太夫膝下單傳，獨子名喚正太郎。正太郎卻是個紈絝子弟，不務農耕、貪杯好色，將父親的勸誡當成耳邊風。莊太夫夫婦深以為憂，便四處物色合適的女子，想為兒子娶一位賢良淑德的媳婦，希望幫他改掉行為不端的毛病。

這日，恰好有媒人上門，言道：「吉備津神社[5]的神主香央造酒，生有一女，品行端莊、容顏姣好，侍奉雙親至孝。小姐還擅長古箏、吟詠，真是萬裡挑一的好女子。她家又是吉備名門鴨別命[6]的後裔，門第上流。你們兩家若能結為姻親，堪稱美事一樁。老夫非常願意從中撮合，不知二位意下如何？」

莊太夫聞言大喜，說：「這的確是門好親事，若能締結良緣，實在是井澤家的福分。只是香央家是本地望族，我們卻是籍籍無名的田戶，門不當戶不對，對方怕是不會應允。」

做媒的老翁笑著說：「您老過謙了，我一定盡力撮合這段良緣。」隨即前往香央家說媒。香央也頗為樂意，與妻子商量此事。其妻欣然說：「女兒待字閨中，已滿十七歲了，朝夕期盼得偕鴛盟。這回好了，就讓他們選個吉日，送聘禮來迎親吧。」就這樣，雙方的婚約定下，媒人連忙向井澤家報喜。數日之後，莊太夫準備了豐厚的聘禮送到香央家，兩家定好黃道吉日，準備結親。

按照往例，凡遇上婚娶之事，都要在神社舉行「鳴釜神事」[7]，祈神禱告占卜姻緣的吉凶。先由神官在神台前擺上供品，把釜裡的水燒得翻滾沸騰；之後由巫女誦讀祭文。若是吉兆，釜中的滾水會發出牛叫般的「哞哞」聲；但若釜中寂靜無聲，便是大凶。這就是自古相傳的「吉備津御釜祓」。

詭異的是，香央家這一次為女兒婚事舉辦釜祓，在開水沸騰後，釜內竟悶聲不響；連秋蟲唧唧那樣微弱的聲音都沒有。香央疑慮重重、惶惑不安，將凶兆告知妻子。妻子卻不以為意：「神釜不出聲，恐是神官等人沒有徹底潔淨身體所致。姻緣天定，既已收了人家的聘禮，就是月老的紅線牽成，即使雙方是仇家，或者相隔萬里，也難以更改。再說井澤家是武士之後，門風嚴謹，豈容我們隨意悔婚？況且女兒聽說未來的夫君俊朗無匹，早已芳心暗許，每天扳著指頭計算出嫁的日子呢。若是此刻退婚，她知道了定然不依，到時若鬧出意外，我們怕要追悔莫及啊。」

這番話雖是婦人之見，但香央本就認定這門親事難得；聽了妻子勸說便放下猶疑，備好妝奩嫁禮。

合巹那日，雙方親友族人齊來祝賀，你一言、我一語的說著「鶴千歲、龜萬代」之類的祝福話語，祝福新人白頭偕老、百年好合。

香央之女磯良嫁入井澤家後，每日早起晚睡，侍奉公婆細心周到，對夫君正太郎更是溫柔體貼，百依百順。井澤夫婦得此佳媳，十分欣慰喜悅。正太郎新婚燕爾，也對秀外慧中的妻子十分喜愛，夫妻倆相敬如賓、和睦甜蜜。

然而好景不常。正太郎天生薄情，又是個孟浪之徒，好色本性終究難改。不知何時竟姘上了鞆津[8]一個名喚阿袖的妓女，還幫她贖了身，在鄰村置了外宅，日夜流連不歸。磯良心中怨憤，常假託公婆氣惱為由，勸諫夫君；亦或直接表達不滿，苦苦哀求夫君回心轉意。正太郎置若罔聞，聽得煩了，索性搬到外宅去，數月不歸。井澤夫婦憐惜磯良，把正太郎找回家中嚴詞責備，不許他離開家門半步。這時，磯良因為太愛丈夫，反而心軟了，愈發殷勤的侍候正太郎，甚至順應丈夫的心意，暗中接濟衣物用品給阿袖。

某日，趁父親不在家中，正太郎哄騙磯良：「夫人如此賢慧，讓我對過去的行為深感懊悔。我想先將那個女子送回故鄉，再請父親饒恕我的過錯。但阿袖雙親早逝，老家又遠在播磨國印南野[9]，在這裡舉目無親，如果這樣被我拋棄，恐怕會重墮港口的煙花之地，再為娼妓。聽說京都人情溫和寬厚，我想讓她進京，找個家境殷實的好人家，做婢做妾都行。可眼下我坐困家中，身上分文全無，阿袖這一路上所需的盤纏、衣物根本無從籌辦，所以求妳伸出援手，幫幫她吧。」

1 本篇改編自《剪燈新話・卷二・牡丹燈記》及《剪燈新話・卷三・翠翠傳》。

2 妒婦難養，老後方知其功：語出中國明朝謝肇淛的《五雜俎・卷八・人部四》：「人有為妒婦解嘲者曰：『士君子情欲無節，得一嚴婦約束之，亦動心忍性之一端也。』故諺有曰：『到老方知妒婦功。』」

3 赤松：自鎌倉時代末期至安土桃山時代統治播磨國（現兵庫縣南部一帶）的武士家族。

4 嘉吉：日本年號之一，一四四一年至一四四三年；在位天皇為後花園天皇。

5 吉備津神社：位於現岡山縣岡山市，祭祀大吉備津彥大神。吉備津彥為日本古代皇族，平定播磨有功，為家喻戶曉的故事人物——桃太郎的原型。

6 吉備鴨別（鴨別命）：日本古代人物，散見於《日本書紀》等書籍。

7 鳴釜神事：將釜放在灶上煮水或米，觀察釜發出的聲音長短、強弱以占卜吉凶的儀式。

8 鞆津：位於現廣島縣福山市的港口。

9 印南野：位於現兵庫縣南部的台地。

磯良聽正太郎言辭誠懇，以為是肺腑之言，開懷道：「夫君放心，此事就交給我來辦吧！」說完就將自己的衣物首飾盡數變賣，又找藉口從娘家拿了一筆錢，好不容易湊齊了所需款項，悉數交給正太郎。正太郎將妻子的錢拿到手後，悄然離家，帶著阿袖遠走高飛，打算一起私奔去京都逍遙度日。

正太郎與阿袖私逃後，磯良才知道本以為已經浪子回頭的夫君又一次騙了自己，悔恨交加，日日嗟歎，終於憂鬱成疾，臥床不起。井澤與香央兩家人都怨恨正太郎、憐惜磯良，想方設法為她延醫治病。怎奈藥石罔效，磯良病體日沉，竟至水米不進，眼見是不成了。

再說正太郎帶著阿袖，先來到播磨國印南野一個叫荒井里的小村莊，投靠阿袖的堂弟彥六。彥六慷慨地收留了這對野鴛鴦，並對正太郎說：「你們在京裡人地兩生，無依無靠，不如就安心在我這裡落腳，大家有飯吃飯、有粥喝粥，日子總能過得下去。」正太郎見彥六誠懇挽留，便同意留居此地。彥六十分高興，向鄰居借了一間破屋安頓他們。

怎料數日之後，阿袖偶感風寒，先是病倒在床，接著日益嚴重，竟變得瘋瘋癲癲，恍若鬼魅附體，又哭又叫。初來乍到就橫生不測，正太郎沮喪不已。儘管他廢寢忘食、朝夕小心伺候，但阿袖時瘋時醒，忽而大放哀聲，忽而又清醒如平時。正太郎暗忖：「莫非是生靈作祟？難道被我拋棄在故鄉的磯良有什麼三長兩短麼？」

這般想著，卻不敢將此事告訴阿袖，只好向彥六吐苦水。彥六安慰道：

「世間絕無鬼怪之事，我見過不少得這種瘟病的人，只要一退燒，就會從惡夢中醒來，忘記患病時的一切痛苦。」正太郎聽了心下略感寬慰。可是，阿袖的病絲毫不見好轉，到了第七天上，終於魂歸黃泉。正太郎痛不欲生，捶胸頓足，發瘋般的要跟著阿袖一塊兒死去。彥六竭力勸解，請人將阿袖的遺體抬到郊野火化，然後收拾骨灰，築起墳塋；請來僧人誦經超度。

正太郎既不能相從阿袖於九泉，又無計招魂使其回生，不由得仰天長歎。想重回故鄉，又覺得路途遙遠，更甚於黃泉赴死。這下當真進退兩難、不知所措；竟然從此一蹶不振，白日閉門昏睡，夜裡去阿袖墳前探視。就這樣日復一日，阿袖的墳頭已經生滿雜草，蟲鳴唧唧，寂寥秋景盡顯淒涼，總是令正太郎觸景傷情，悲不自勝。

某夜，正太郎正在對天長嘆，忽然驚覺阿袖的墳塋旁又有新墳一座。一名女子哀容滿面，在墳前獻花、灑水，淚水漣漣。正太郎甚感奇怪，上前問道：「我瞧妳青春少艾，緣何會在深夜來到這種荒野祭墳？」

女子回眸道：「奴婢每晚祭掃之時，必見尊駕先我一步而至，悲痛完全發自內心。可見墳中逝者定是尊駕至親至愛之人。其中哀傷，奴婢感同身受。」說著又潸然淚下。

正太郎道：「小娘子所言甚是。十日前拙荊不幸病故，剩下我苟活於世，只能夜夜到此上墳，以求些許安慰。想來妳也與我同病相憐吧？」女子道：「奴婢祭拜的是我家主人。只因夫人新近喪夫，傷心之下得了重病，所以讓奴婢代她來掃墓。」

正太郎道：「妳家夫人哀傷成疾，也是情有可原。不知府上去世的主人姓甚名誰？府邸何處？」

女子答：「敝主人本是國中名門，因遭小人讒言詆毀，被褫奪了領地，謫居在這窮鄉僻壤。我家夫人貌若天仙，遠近聞名，敝主人便是為了她，才失去領地的。」

正太郎聽到「貌若天仙」四字，色心又起，道：「您家夫人住處想必離此不遠吧？既然同病相憐，能否容許鄙人拜會一番，互訴衷腸，紓解鬱結？」

女子道：「從尊駕來的路上，拐入一條小巷，就是夫人居處。夫人寡居苦悶，尊駕若常去探視，她定會歡迎的。」言罷，當先引路，正太郎隨後跟來。約莫走了二町[10]遠，折入一條小道，再走一町路，出現一片陰森幽林，林中有間小小的草屋。草屋竹扉緊閉，初七的冷月照著不大的院落，顯得格外蕭索。有微弱燈光自窗紙上透出，更添荒寂之感。

女子道：「請尊駕在此稍候。」說著走進屋裡。正太郎站在長滿青苔的古井旁，向屋裡張望。從唐紙屏風的縫隙中，露出被風吹得忽明忽暗的燈火，黑色的櫃子在閃爍的光影下顯得十分精緻。

10 町：日本的長度單位，一町約一〇九．〇九公尺。

須臾，女子出屋道：「奴婢已向夫人稟明尊駕來訪之意，夫人命我領您入屋，她已移坐屏風後，準備與您交談。請跟我來。」正太郎隨著女子繞過庭前花木，進入裡屋。

屋內有兩間客室，拉門微敞。他們進入其中一間，只見室內立著一扇低矮的屏風，屏風下露出舊被褥一角，女主人就在屏風後面。正太郎隔著屏風道：「聽說夫人因新近喪夫，玉體欠安。在下最近也因愛妻病逝而鬱鬱寡歡，這才不揣冒昧，前來造訪。不知可否與夫人互訴衷腸，相互慰藉？」說罷期待的看向屏風之後，滿心揣想女主人究竟如何美貌。

便在此時，屏風猛地被人拉開，只聽女主人厲聲道：「夫君，久違了！都說惡有惡報，你這浪蕩子也有今天！」正太郎大驚失色，定睛一看，那女主人正是被自己拋棄在家鄉的磯良。但見她面色煞白，雙眼噴出怒火，用一隻乾癟枯槁的手指著自己。正太郎恐懼不已，慘叫一聲，昏倒在地。

少頃，正太郎慢慢甦醒過來。瞇眼打量四周，驚訝地發現方才那間小草屋不過是野地裡的一座三昧堂[11]，堂裡立著好幾座漆黑的佛像。循著遠方傳來的陣陣犬吠，正太郎匆忙逃回家中，一古腦兒向彥六細說了一遍方才所遇的怪事。

11　三昧堂：墓地裡辦理喪葬儀式的佛堂。

彥六道：「此事實在蹊蹺，你恐怕是遇上狐精了。聽說人在驚慌失措時，六神無主，很容易被妖邪魘住。你身子虛弱又傷心過度，我看，應該去祈求神佛保佑，安定心神。在刀田有位相當高明的陰陽師，我帶你去他那兒祓禊淨身，求一道驅邪靈符吧。」說完便將正太郎領到陰陽師處，先細述前情原委，又請陰陽師占了一卦。

陰陽師對著卦象凝神思索，道：「此卦象應了怨靈侵身，凶多吉少啊。那怨靈先是奪去阿袖性命，但怨氣尚未消盡，又要來取你這負心人的命了。人死後，陰魂會在陽世停留四十九天，算來那怨靈應是在七日前殞命。因此，從今日開始，你必須連續四十二天閉門不出，在家中擋災消厄。若能做到，或能死裡逃生，避過此劫。要是稍有疏忽，就無可挽回了。」

對著正太郎細細叮囑一遍後，陰陽師提筆在正太郎背後、四肢上密密麻麻寫滿篆籀；又以朱筆畫了許多符咒，叮嚀正太郎：「將這些符咒貼到門窗上，早晚禱告莫停，萬萬不可懈怠，否則性命難保。」正太郎又喜又怕，回家後立即將符咒貼滿門窗，齋戒靜心、閉門禱告。

當晚三更時分，門外傳來幽幽的自語聲：「真可惡啊！到處都貼了符！」隨即靜默無聲。正太郎嚇得簌簌發抖，只恨長夜難熬，睜著眼苦捱到天明才鬆了口氣。確認磯良的鬼魂已經遠去，正太郎便急忙敲打牆壁，對隔鄰的彥六講述昨晚之事。彥六聽罷覺得陰陽師的占卜十分靈驗，於是當晚也不敢闔眼。

又是三更時分，傳來一陣彷若狂風刮倒松樹的巨響，接著風雨大作，令人生懼。正太郎與彥六隔牆互相壯膽，總算捱到四更。突然，正太郎屋舍的窗紙上，一道紅光閃過，陰冷女聲低語道：「真是可恨，這裡也貼了符！」夜半更深，這聲音格外可怖。正太郎與彥六嚇得毛骨悚然，幾欲昏厥。

就這樣日復一日，正太郎與彥六相互扶持，白天隔牆述說夜間的可怖情狀，夜裡則無比期盼天光，數十日光景過得彷彿比千年還長。磯良的怨靈晚晚都來，要麼在屋前屋後四處繞圈，要麼在屋頂上淒厲嘯叫，忿恨之聲令人心膽俱寒。好不容易熬到第四十二天晚上。正太郎想著熬過這最後一夜，就能逃過大劫，於是分外小心，無論外頭磯良的鬼魂如何徘徊不去、製造恐怖聲響，正太郎堅守不出，苦苦支撐。終於窗外泛起魚肚白，似乎已至五更。正太郎如釋重負，隔牆急呼彥六。

彥六貼著牆壁問：「你那邊情形如何？」正太郎道：「閉門擋災四十二

日，如今東方破曉，期限已滿。好久未見兄弟，心中掛念得緊，真想將這段時間以來的種種感受，和兄弟談談。你起身吧，我馬上開門出來。」那彥六也是粗枝大葉之人，便道：「既然天色已亮，想來再無危險，你這就過來吧。」說罷起身開門。

怎知門才開得半邊，隔壁簷下便傳來一聲慘呼，驚得彥六一屁股癱坐在地。「一定是正太郎遭遇不測！」彥六想著，雖然心下害怕，還是手持利斧衝出門外。抬眼一看，糟了，這哪裡是天亮，外頭月色皎潔，清光映照到窗紙上，才讓人誤會已至天明。

夜風陣陣，寒氣逼人，正太郎處屋門大敞，卻不見人影。「莫非他躲進屋裡去了？」彥六硬著頭皮進屋搜尋，不見其人；又想，「難道是逃到外面的大路去了？」出外尋找，依舊蹤影全無。

彥六驚懼異常，提著燈籠到適才響起慘呼的地點查看。只見敞開的屋門旁，斑斑血跡沿著牆邊一直滴到地上，卻不見屍首骸骨。月光下朦朦朧朧，屋簷下方好像掛著什麼東西；提燈一照，竟是一男子髮髻懸於簷下，此外別無他物；淒慘恐怖的情狀筆墨難以描述。

天亮後，彥六又到周邊的山野間探查，正太郎依舊杳無蹤跡。彥六不得已，只好將此事通知井澤家，井澤夫婦聽聞愛子慘死，除了髮髻連屍首都無從尋覓，傷心到幾乎昏厥卻也無能為力，只得再將此事轉告香央家。

事發之後，人們紛紛讚歎陰陽師卜卦準確，也更堅信御釜祓能夠靈驗預測吉凶；「吉備津之釜」的傳說就這樣流傳至今。

妒婦是怎麼練成的？

胡川安

〈吉備津之釜〉和《雨夜物語》其他篇小說相同，受到中國文學很深的影響，改編自中國明代的《剪燈新話》，同時也可以看到日本小說的痕跡，像是受到《日本靈異記》和《今昔物語集》的影響。《雨夜物語》的九篇小說中，男女間的情愛總共有三篇，分別是〈淺茅之宿〉、〈蛇性之淫〉和〈吉備津之釜〉，有著日夜等待夫君回來的深情妻子，也有幻化成人，執迷於男女情愛的蛇妖。或許我們可以將《雨夜物語》中三篇關於男女情愛的小說合而觀之，此為上田秋成對於女性情感的投射。

〈吉備津之釜〉一開始引用中國的典籍《五雜俎》中所言：「妒婦難養，老後方知其功。」這句話看似在說妒婦的可怕，蛇蠍之心，但第一段文風一轉，之後提到要如何避免妒婦之禍，重點在為人夫者要端正心性，做好榜樣自然可以防止妒婦。

我們先來看看故事的地點發生在哪裡？發生在吉備國，大致是今天的岡山縣，也有一部分在廣島和兵庫縣，當地的一個紈褲子弟透過人家介紹，和吉備津神社香央神主的女兒磯良結婚。當地有個「鳴釜神事」的傳說，如果開水煮滾了之後，鐵鍋不會響就是壞事。婚前占卜的時候竟然不響，不祥之兆，但神主的女兒磯良已經芳心暗許，後來還是下嫁給正太郎。然而，婚後正太郎仍然是扶不起的阿斗，還在外搞七捻三，磯良因為夫君的拋棄而化成冤魂糾纏著正太郎。

〈吉備津之釜〉一開頭雖然看似在批評妒婦，但文章的鋪排卻像是教訓無良丈夫，如此的情節安排主要是上田秋成呼應當時的倫理觀念。江戶時代女子教育最重要的一本書是儒學家貝原益軒的一本重要著作《女大學》，認為女人應該要柔順，順從自己的丈夫，是當時相當流行的一本書，明治維新時，提倡西化的福澤諭吉大力批評這本書，讓女性地位卑下，只能順從男人。

《女大學》中，認為丈夫如果做了什麼不忠的事，妻子應該和顏悅色，並以溫柔的聲音加以勸導。〈吉備津之釜〉這篇小說前半對於磯良的描寫，完全符合《女大學》中對於妻子的要求。然而，到了後半部分，生前溫柔婉約的磯良化成厲鬼，一定要取正太郎的命，讓他身首異處，不得好死。

過去的學者指出秋成認同儒家的女性規範，女人要三從四德，但也有人說秋成同情受到傳統規範禁錮的女性。從〈吉備津之釜〉來看，兩種說法都對，但也都不全面。持平來說，秋成欣賞磯良的溫柔賢淑，孝順公婆，以無盡的柔順對待丈夫；但秋成認為磯良應該得到丈夫應有的回報，而不是憔悴而死，所以正太郎也應該得到慘痛的報應。

從江戶時代的倫理觀來看，秋成的〈吉備津之釜〉也反映了當時對於賢妻的一種樣貌。

蛇性之淫

昨日避雨與公子邂逅，
承蒙照應，知道公子誠信可靠，
小女子願以身相許，
自今而後，隨侍左右。

1

老者目不轉睛，凝視二女許久，突然喝道：「孽障！竟敢在此惑人，休想逃過老夫法眼！」真女兒與婢女聽了，立即縱身躍入瀑布之中。只見水柱沖天，二女頃刻間不見蹤影；天空突生異變，烏雲翻滾，豪雨傾盆而下。

〈蛇性之淫〉《雨月物語》／安和五年
桂宗信繪

豐雄聽了大吃一驚，眼前的「妻子」，明明是富子的面容，怎地聲音竟成了真女兒的？

〈蛇性之淫〉《雨月物語》／安和五年
桂宗信繪

紀伊國[2]三輪崎有位名叫大宅竹助的漁場主人，打魚起家，靠經營海產發跡。手下雇有許多漁夫替他捕魚撈蝦，漁獲都很豐碩。大宅家一直過著富裕的生活，家底殷實。

大宅竹助膝下有二子一女：長子太郎樸實勤勞，工作認真；次女嫁給大和國[3]人為妻；小兒子豐雄相貌斯文，喜好風雅之事，因此對於如何維持生計十分生疏。

竹助深以豐雄的前程為憂，時常擔心若將來把家產分給幼子，不免淪落被他人欺騙侵吞的悲慘下場。可如果因此而將他過繼給別人當養子，又免不了心有不甘、牽腸掛肚。因此，只好由著豐雄的性子，聽其自然。無論日後成為滿腹經綸的學者，還是拜佛誦經的法師，都聽之任之，不必嚴加管束。

自己的晚年託付給長子太郎就行了。

如此安排之後，沒過多久，豐雄便拜新宮神社的神官安倍弓麿為師，每日必去老師處躬聆教誨。

九月下旬的某日，原本天清氣朗，海面波瀾不興；倏忽間東南方烏雲低垂，淅瀝瀝地下起綿綿細雨。豐雄向老師借了把傘，匆匆忙忙往家裡趕。經過飛鳥神社附近時，風雨漸驟，只好就近躲入一家漁戶的屋中避雨。老漁夫見是漁場的少主人，慌忙恭敬相迎，說道：「原來是少東家，寒舍蓬蓽生輝！屋裡髒亂，請少東家在這蒲團上坐吧。」說著便拍淨蒲團，恭恭敬敬雙手奉上。豐雄道：「您老別忙，我只是來避避雨，雨一停就走。」言罷在蒲團上落坐，靜候雨歇。

只坐了片刻，門外忽然傳來一個女子嬌滴滴的聲音：「就在這家簷下暫避一陣吧！」語音甜美，宛若黃鶯啼囀。豐雄不禁朝簷下望去，只見一位年約二十的妙齡女子，面若桃花、髮髻精巧，身穿青色遠山紋和服，姿容俏麗，豔光照人。身邊跟著一個懷抱包裹的婢女，十四、五歲模樣，也長得清麗可人。那女子被雨淋得渾身濕透，見到豐雄，登時暈生雙頰，嬌羞無限。楚楚可憐的樣子十分撩人心緒。

豐雄被女子的絕色容顏深深吸引，暗忖：「這附近向來未曾聽聞有如此的美貌佳人，她一定是從京都去熊野三山[4]參拜，順道來此欣賞海濱風光的。

只是身邊未帶男僕，似乎有些欠妥。」

豐雄一念及此，便朝裡挪了挪身子，騰出地方來，向那美女招呼道：「請到屋裡坐吧，這雨一時半會兒還停不了。」那女子躬身答應道：「如此甚好，只是多有叨擾了。」說著便款款進屋，因室內逼仄，只得挨著豐雄坐下。豐雄就近細觀，愈發覺得那女子芳菲嫵媚、秀美絕倫，猶如天仙下凡。他禁不住心旌搖動，開口問道：「瞧小姐一身裝扮，應是大家閨秀。此行是去參拜三山，還是去峰上的溫泉洗浴歸來，路經這海邊僻地呢？可惜我們這兒只是一片荒灘，並沒有什麼可觀賞的。古歌云：

心悲度苦日，誰傳鴻雁書？5

說的豈不正是此刻的情形？幸而這陋室的主人受雇於家父，所以請儘管安心避雨。不知小姐今夜投宿何處？在下本擬護送小姐一程，又恐男女之防，多有不便，只好請小姐帶上這把傘吧！」

那女子道：「多謝公子借傘給我。您的這番盛情，足以將我身上的濕衣都烘乾了呢。小女子並非京都人氏，居住本地已有多年。聽人說今天是黃道吉日，特意去那智神社參拜，不料中途遇雨，貿然到簷下躲避，有幸遇到公子，承蒙您照應，感激不盡。寒舍便在左近，待雨停了，我就回去。」

豐雄堅持道：「這雨一時之間怕是難停，此傘請小姐儘管攜去。但不知府上何處？在下日後好派人去取。」那女子答道：「我家在新宮附近，屆時只須打聽領地中名叫真女兒[6]的便是。暮色將至，小女子承公子盛情，這傘就暫借一用吧。」言畢便撐傘而去。豐雄目送她離去後，向漁夫借了簑衣、斗笠，也自行歸家。

回到家後，豐雄無論如何不能忘懷那女子，夜間輾轉反側，腦海中盡是女子的倩影。直到天將黎明，才在迷糊中入了夢鄉。

夢裡，豐雄尋到了真女兒的居處，只見高門深院，窗格緊閉、竹簾低垂，一望可知是大戶人家。真女兒親自迎出，道：「公子情深意重，小女子時刻銘記在心。公子請進。」領著豐雄來到內室，捧出鮮果美酒，殷勤款待。豐雄喜形於色，心醉神迷，正要與真女兒共枕合歡……倏忽夢醒，已是日上三竿。豐雄呆呆回味，癡想若是美夢成真該有多好？就此欲念勃發，難以抑制，連早飯也忘了吃，急不可待地出門向新宮而去。

1 本篇改編自馮夢龍作品《警世通言・卷二十八・白娘子永鎮雷峰塔》。
2 紀伊國：屬南海道，俗稱紀州，領域相當於現在的三重縣南部及和歌山縣。
3 大和國：屬京畿區域，為五畿之一，又稱和州。領域相當於現在的奈良縣。
4 熊野三山：位於歌山縣南部的熊野坐（本宮）神社、速玉（新宮）神社和那智神社的總稱。
5 出自《萬葉集》第三卷第二六五首。
6 真女兒：此處一語雙關，日文中「真女兒」有「漂亮女子」之意。

到了新宮，逢人便打聽領地裡有無一位名叫「真女兒」的姑娘，家在何處？竟無一人知曉。眼見晌午已過，豐雄又累又急。正在不耐之際，忽見昨日那個婢女由東而來，豐雄大喜，忙迎上前道：「請問妳家小姐府邸何處？我專程為取傘而來。」

婢女微笑道：「有勞公子了，請隨我來。」說完便在前頭引路。沒走多遠，婢女就停步道：「公子，此處便是。」豐雄抬眼一看，但見高門深院，窗格緊閉、竹簾低垂，情景竟與夢中所見完全一樣。他心下詫異，加緊腳步跟著婢女進屋。

只聽婢女稟告道：「小姐，昨日借傘給我們的公子來了。」

「公子在哪兒？快請進屋！」真女兒邊說邊迎了出來。豐雄道：「請恕在下冒昧到訪。只因新宮的安倍先生是在下授業恩師，今日我正巧去拜訪他，就想順道取傘回去。既已知曉貴府所在，在下改日再來拜會吧。」

真女兒急忙挽留，向婢女道：「可不能就這麼讓公子走了。」婢女會意，擋在豐雄面前說：「公子，您昨日定要借傘給我們，今日禮尚往來，請您無論如何也要留下，以容回報。」邊說邊領豐雄到南面的會客室落座。會客室的地板鋪著榻榻米，無論是屏風、櫥櫃，還是帷幔上的繪畫，都古色古香、高貴奢華，絕非普通人家所能擁有。

真女兒也來到會客室，對豐雄說道：「家門不幸，先夫已不在人世，陋室無以為敬，只能略備薄酒一杯，聊表謝意。招待不周，請公子莫怪。」說完，婢女擺出高腳杯和盛滿山珍海味的碗碟，又手執陶製酒瓶，斟上美酒，殷勤相勸。豐雄彷彿置身昨夜的夢境，既害怕再度驚醒，又明知並非虛幻，心內疑惑，百思不解。

酒過三巡，賓主都有了幾分醉意。真女兒舉杯對著豐雄，玉顏酡紅，美若枝頭櫻花映水；動作輕柔，宛如宜人春風拂面。她輕啟朱唇，鶯聲燕語道：「古歌有云：

暗戀無人曉，憂心似火煎。
一朝失戀死，枉自怨神明。7

我不願到時候只能怨恨蒼天，所以想把心裡話坦白向公子明說。小女子本是京都人，父母早喪，由乳娘撫養成人。後來嫁給紀伊國國司屬下的某人，搬來此地長住，迄今三年有餘。未料夫君任期未滿，今年春天竟暴病身亡，小女子頓失依靠。而京都的乳娘早就落髮為尼，雲遊八方去了。故鄉於我而言，已同陌路。如今小女子舉目無親，淒涼不堪。昨日避雨與公子邂逅，承蒙照應，知道公子誠信可靠，小女子願以身相許，自今而後，隨侍左右。若公子不嫌奴家卑賤，請飲下杯中水酒，以訂白首之約。」

豐雄早有此意，夢寐以求的佳人竟肯委身自己，實是人生樂事，不由得心花怒放。可是一轉念間，想到自己尚未獨立謀生，不經父兄應允，怎敢私定終身？一時憂喜交集，躊躇不答。

真女兒見狀，悲道：「我一個婦道人家，冒冒失失傾訴衷腸，一言既出，覆水難收，真是無地自容。像我這樣孤苦伶仃的薄命人，早該投海自盡，今日又讓公子煩惱，當真罪孽深重。小女子適才所言，雖然一片至誠，卻請公子當作酒後胡言，付諸東流吧！」

豐雄忙道：「在下初見小姐，便知小姐定是京中的大家閨秀。在下不過是偏僻海邊土生土長，與鯨魚為伍的粗鄙之人，小姐竟肯屈身下嫁，實出望外，豈有嫌棄之理？只是在下尚未自立，仍要依靠父兄過活。除了身體髮膚外別無長物，拿什麼做聘禮迎娶小姐呢？所以自恨貧寒，不敢應許。倘若小姐耐得窮苦，在下當盡力而為，娶妳為妻。俗諺有云：『孔子也拜倒於愛情山下。』為了愛情，在下情願將孝道與安身立命這兩件事全部忘卻。」

真女兒感動道：「公子肺腑之言，小女子甚感欣慰。寒舍雖然破舊，還是請公子時常來坐坐。這把寶刀是先夫遺物，他生前最為珍愛，請公子笑納。」說完取出一把鑲金飾銀的太刀，一望可知是自古流傳的名刀。豐雄想此乃定情信物，不宜推卻，便收了下來。

真女兒又一再挽留：「今晚就請在舍下過夜吧！」豐雄婉拒道：「未得父兄允許，不敢夜不歸宿。我明日找個藉口，定要再來與小姐相見。」說罷依依不捨，告辭回家。當晚又是整夜輾轉，快天亮才勉強闔眼。

次日，兄長太郎要安排漁夫下海，起身很早，經過豐雄臥室時，無意間從門縫向內一瞥，微弱的燭光中，見豐雄枕邊放著一把熠熠閃光的寶刀。太郎心中奇怪，便拉門入屋。

豐雄被拉門聲驚醒，睜眼見是太郎，問道：「兄長有事找我？」

太郎道：「在你枕邊鋥亮發光的刀是哪裡來的？如此貴重的寶物，與我們漁家身份大不相稱，父親若是知道了定會責怪於你。」

豐雄道：「此刀並非我花錢購買，而是昨日有人相贈，隨手擱在這裡。」

太郎厲聲道：「說謊！這一帶怎會有送得起貴重寶物的人家？平時你買些看不懂的漢文書籍已屬浪費，只因父親未予斥責，我才隱忍不發。如今又弄來這把寶刀，莫非是想佩帶著它，去新宮神社的大祭上炫耀嗎？簡直胡鬧！」

大宅竹助聽到太郎的責罵聲，喚道：「太郎，那個不成器的廢物又惹什麼麻煩了？帶他到我這裡來！」

太郎答道：「也不知他從哪兒買了把武將才有資格佩帶的耀眼寶刀，真是太不像話，請父親大人好好盤問。我要去催漁夫們幹活了。」說完便逕自出門去了。

母親把豐雄叫到跟前，問道：「買這麼個貴重的東西有什麼用呢？家中錢糧都是太郎賺來的，你兩手空空，一無所有。平日裡任性胡為，太郎已十分生氣，再這樣荒唐下去，便難有你容身之地了。虧你讀了那麼多聖賢書，竟連這點道理都不明白？」

豐雄辯解道：「這寶刀確實不是我買來的，是別人為了某種緣由而贈送的。兄長不明究理，硬說是我買的。」

竹助怒道：「無功不受祿。你有何功勞，人家會送你寶刀？真是一派胡言。快說實話！」

豐雄道：「此事不便啟齒，父親請恕兒子不能直言。」

竹助聲色俱厲道：「對父母也說不出口的事，還能向誰說？」

眼見越鬧越僵，太郎的妻子在旁勸道：「請公公婆婆息怒，不妨讓我來問問他。豐雄，你跟我過來。」說完便領著豐雄到另一間屋裡說話。

豐雄對嫂嫂道：「我原想偷偷地先與嫂嫂商量，誰料被兄長發現了寶刀，挨了一頓罵。事情的原委是這樣的，有一位守寡的年輕女子，受不住孤清寂寞，要我娶她為妻，這把刀就是定情信物。我受父兄撫養，未得他們允許，便私定終身，已是後悔莫及。希望嫂嫂體察我的苦衷，為我想個好法子。」

太郎之妻笑道：「小弟至今未婚，嫂嫂也替你著急呢！如今這不是天賜的喜事嗎？嫂嫂雖笨嘴拙舌，一定幫你居中說項，成全這樁美事。」當晚，她將事情原原本本地說與太郎知曉，勸道：「這也算是一樁好事，你就替弟弟在父親面前多說幾句好話吧。」

太郎皺眉道：「此事頗有古怪。我怎麼從未聽過那國司屬下某人？咱們家是本地保正8，國司的下屬死了，我會不知道？無論如何，妳還是先取寶刀來，讓我仔細瞧瞧。」

太郎之妻連忙取來寶刀。太郎細看後，倒抽一口涼氣，驚道：「這下要出事了。前些日子，京中有位大臣為了向神明還願，貢獻了許多寶物給熊野神社，哪知這些寶物在寶庫中竟然全數不翼而飛。大宮司[9]將此事呈報給國司後，國司派次官文室廣之大人前往大宮司官邸，商議捉拿盜賊之事。這把刀絕非下級官員所佩之物，快讓父親看看再作打算。」說完，太郎立刻將寶刀帶到竹助面前，詳細說明原委，問道：「父親，此事非同小可，您看該如何處置？」

7 出自《伊勢物語》第八十八話。

8 保正：十戶為一保，五保為一大保，十大保為一都保。保正即都保之長。

9 大宮司：神社中神官之長。

竹助嚇得面色蒼白，慌道：「這可怎麼得了！豐雄平素連別人的一根頭髮都不敢動，不知是前世的什麼報應，令他生出這等壞心眼。萬一被人察覺告發，可是要誅連全家啊。為了列祖列宗、子孫後代，我們只能大義滅親，捨棄這個不肖子了。你明天就去報官！」

天明之後，太郎立即去大宮司官邸，呈上寶刀並說明來龍去脈。大宮司見到寶刀，驚道：「這的確是大臣奉獻之物。」次官文室廣之聽了，立刻命太郎帶路，領著十名武士前往大宅家捉賊，並追索其餘失物。

此時豐雄還被蒙在鼓裡，正在家中埋頭看書。忽然見眾武士來勢洶洶，闖入宅中要綁他，急問：「我犯何罪？」

武士們哪裡睬他，將他五花大綁。到了這地步，豐雄的父母與兄嫂，除了哀歎悲憐，也無話可說。武士們叱道：「奉國司次官之命拘捕你，快走！」架著豐雄便押送到大宮司官邸去了。

官邸中，次官雙目圓睜，怒視豐雄道：「敬神寶物你都敢偷盜，這可是彌天大罪！其餘寶物你藏在何處？速速從實招來！」豐雄此時才明白過來，大哭說道：「真是冤枉啊！小的並未偷盜，那寶刀是國司屬下某某的遺孀，送給我做定情之用，說是她前夫的遺物。大人傳那女子來對質，便知小的清白。」

聽了豐雄的辯詞，次官更加惱火，怒喝：「國司屬下從無你所說的某某，你竟敢欺騙上官，當真該罪加一等！」

豐雄道：「小的如今已被逮捕，怎敢再誆騙大人？懇請大人傳那女子來，以證明小的無辜。」

次官吩咐武士：「你們押著豐雄，去將真女兒拘來審問！」

眾武士領命，押著豐雄尋到真女兒家。卻見整座房屋殘破不堪，門柱朽爛、屋瓦碎裂、蒿草叢生，全然不像有人居住。豐雄見到這般光景，驚得瞠目結舌、僵立當場。眾武士找來附近的鐵匠、伐木老翁、舂米人等鄰居，眾人惶恐不安，跪倒在地。一名武士問道：「這戶宅子中住著何人？是否是某某的遺孀？」

鐵匠答道：「我等從未聽過某某之名。這棟屋宅三年前曾有村主某人居住，那時人來車往，門庭若市。後來他出海去九州運貨，船隻遇難，下落不明。從此家道衰敗，家人四散，屋子便成了空宅。聽一位老漆匠說，他昨日曾見到這個後生進屋去，待了許久才離開，我們都深感奇怪。」

眾武士沉吟：「無論如何，我們還是要進去查看明白，也好回稟次官大人。」說著便一起推開屋門，走進空宅。

只見宅內比屋子的外觀更顯荒涼：寬闊的院落中樹木陰森、水池乾涸，花葉凋萎、雜草叢生。一株大松樹被風刮倒，橫躺庭間，越發襯得空宅淒涼恐怖。拉開主室的隔門，一股腥風撲面而來，眾人毛骨悚然，不自禁地倒退數步。豐雄更是嚇得不敢作聲。

武士中有個叫巨勢熊檮的，頗有膽色，喊道：「我帶頭，你們隨我來！」說完便大步闖進屋裡。屋內積塵有一寸多厚，鼠糞遍地，在穢舊的帳幔旁邊，卻坐著一個如花似玉的美女。巨勢喝道：「國司有命，傳妳問話，趕快起身！」

那美女沉默不答。眾武士靠上前去，要動手捉她時，突然一聲巨響，如山崩地裂，將眾人驚得癱軟在地。定神細看，那美女已然蹤影全無，地板上卻有東西在閃閃發光。眾人戰戰兢兢挨近細看，高麗錦、吳綾、本地的縑帛、盾、槍、箭囊、鐵鍬等等，堆了一地，光彩奪目，全是神社失竊的寶物。武士們將寶物收拾好，帶回去覆命，並詳細稟報遇到的怪事。

國司次官和大宮司得知是妖怪所為，便不再責備豐雄。但豐雄窩藏贓物，罪責難逃，仍被關進國司衙門的監獄中。大宅父子為了救他，耗費了不少財物，上下打點，終於在百日後使豐雄逃出囹圄。

豐雄羞愧不已，對父親說：「孩兒無顏再見鄉親，想去大和國姊姊家暫住一段日子。」

竹助點頭道：「你身受牢獄之災，我們也擔心你因此得病，就去姊姊家靜養散心吧！」說罷，派遣僕人陪豐雄動身。

到了大和國石榴市的姊姊家，姊夫田邊金忠以商賈為業。他們見豐雄來訪，十分歡喜，殷勤款待之餘，對他這幾個月的遭遇也深表同情，一齊勸道：「你只管在此長住，不必急著回家。」

轉眼過完新年，到了次年三月。石榴市附近有一座泊瀨寺10，寺內觀音極是靈驗，盛名甚至遠播唐土。每逢春季，自京都及各地趕來的進香者川流不息，城中的旅館鱗次櫛比，都宿滿了香客。

田邊金忠經營的是佛燈與香火生意，店前時常擠滿顧客。某日，有位京都來的美貌女子，帶著婢女來買進香用品。婢女見到豐雄，驚叫道：「公子原來在這裡！」豐雄定睛一看，竟是真女兒與她的貼身婢女，嚇得大叫「妖怪啊！」便慌慌張張躲進店裡。金忠夫婦忙問：「出什麼事了？」豐雄戰慄道：「那妖怪追來了，千萬別讓她進屋。」四周的香客也驚慌起來，吵吵嚷嚷道：「妖怪在哪兒？」

在眾人驚疑不定中，真女兒步入店內，道：「諸位不必疑神疑鬼，公子也無須害怕。都是我的過錯，才使公子蒙受不白之冤，對此我深感愧疚。為了向公子解釋事情的緣由，消除誤會，我四處尋找你的下落，今日終於再度遇到公子，喜不自勝。還請諸位想想，若我真是妖怪，又怎敢在光天化日下，現身於大庭廣眾間呢？諸位來看，我身上衣裳有縫，向著日光也有身影，這些都能證明我並非什麼妖怪，請大家切勿多疑啊。」

聽了真女兒的說詞，豐雄驚魂稍定，但疑慮未消：「可是妳也絕非人類。那日我被武士押著，一同尋到妳的住處，親眼目睹屋宅竟已頹圮荒廢，面目全非，變成了妖精鬼魅的棲身之所。而妳卻安然獨坐屋中，當武士們上前要拘提妳時，猛地青天霹靂，妳消失得無影無蹤。今日妳又追尋至此，到底意欲何為？妳還是趕快離開吧！」

真女兒流淚道：「公子所言確實不假，請容我解釋。那日聽說公子被拘，我便與從前受過我家恩惠的鄰居商量，將屋宅夷為廢墟。至於武士捉拿我時震響的霹靂，是婢女佈置的機關。後來，我雇船逃到難波，為打聽公子消息，特意到泊瀨寺進香許願，求了一卦，籤詩說：

『古河道旁杉兩株，歲月幽幽過，依舊連理枝。』11

觀音菩薩垂憐，此籤乃是吉兆，果然讓我在此與公子重逢。再說那些寶物，我一個柔弱女子，哪有本事偷盜它們呢？那都是先夫行為不端，犯下的壞事。諸般事宜，望公子細心體察。我對公子真情一片，絕無欺瞞。」說完淚如雨下，掩面啜泣。

豐雄將信將疑，一時間愛恨交織，默然無語。金忠夫婦見真女兒口齒清晰、句句在理，再看她舉止嫻雅、大方得體，先自信了。遂道：「豐雄所說奇事，固然驚人，但仔細思量，便知世上豈有如此怪誕之事？妳不遠千里尋到此地，就算豐雄不領這份情義，我們也要替他留住妳。」把真女兒請進裡屋。

真女兒嘴甜，只兩三天工夫，便大大贏得金忠夫婦歡心。她趁勢央求金忠夫婦勸說豐雄，豐雄漸漸消除了心中對她的隔閡，加上本就對真女兒傾心愛慕，終於坦然無疑，與真女兒立下海誓山盟，結為夫婦。他們共約白首，盼能一生相守，每到夜裡，更如古歌所云：

『雲霧湧葛城，雨傾高間山。』12

翻雲覆雨，恩愛纏綿。直至泊瀨寺曉鐘響起，方才止歇。如膠似漆，只恨相逢太晚。

10 泊瀨寺：又稱長谷寺、初瀨寺、豐山寺、長谷山寺，位於奈良縣櫻井市（初瀨町）。相傳系依照天武天皇敕願而由道明上人所建。

11 出自《古今和歌集》卷十九。

12 出自《新拾遺集》。

不覺光陰似箭，已是陽春三月。金忠對豐雄小倆口道：「此處景致雖比不上京都，卻遠勝於紀州。吉野春色美不勝收，三船山、菜摘川也都有看不膩的美景。眼下春光明媚，正是春遊的大好時機，咱們何不一起出遊？」

真女兒笑道：「吉野美景自古便名滿京都，京中人以未能一遊吉野為憾。無奈我自幼體弱，一到人多擁擠處，或是長途跋涉，便會頭昏眼花，疲乏難耐。所以請恕這次不能奉陪了。我就在家中等著夫君帶吉野的土特產回來吧。」

金忠夫婦極力勸道：「步行勞累，才會發病。家中雖無牛車，卻也不至於讓妳徒步前往。再說妳留在家裡，會令豐雄記掛，他也玩得不盡興。」

豐雄也勸妻子道：「既然姊姊與姊夫殷勤相邀，又安排周全，妳還是去吧。即使半路上累倒，有我照顧，也無須憂慮。」聽到豐雄這麼說，真女兒雖然滿腹不願，架不住盛情難卻，也只好跟隨眾人一起出發遊春。

一路遊人如織、摩肩接踵，女子各個濃妝豔抹，但嬌美能勝過真女兒者，卻無一人。

吉野有座寺院，住持與金忠夫婦很熟。這日黃昏，豐雄一行人來到寺中投宿。方丈出迎道：「今春你們來遲了，櫻花已凋謝大半，鶯啼也不那麼悅耳了，但仍有一個好去處，老僧明日陪你們去賞玩。」當晚安排素齋款待眾人，一宿無話。

次日清晨，山中升起一層薄霧，不久霧靄散去，晴空萬里；寺院位於山頂，居高臨下，放眼遠眺，半山腰的僧房清晰在目。山鳥啼鳴此起彼落，群花爭春競相開放，雖同為吉野深山，此處卻令人特別心曠神怡。

對初次到訪者而言，山中的飛瀑是必賞之景。豐雄請一位嚮導領路，向瀑布峰谷進發，不一會兒來到吉野離宮遺址附近。只見激流飛瀉直下，成群的小香魚溯流而上，景觀壯闊，令人眼界大開。眾人尋到乾淨處席地而坐，打開扁柏飯盒，邊吃邊觀賞瀑布美景。

此時，有位老者步履輕捷，踏著岩石走來。他一頭銀髮用麻繩束著，來到瀑布邊，見到豐雄夫婦，登時面露驚疑之色。真女兒與婢女急忙轉身，不敢與老者照面。老者目不轉睛，凝視二女許久，突然喝道：「孽障！竟敢在此惑人，休想逃過老夫法眼！」

真女兒與婢女聽了，立即縱身躍入瀑布之中。只見水柱沖天，二女頃刻間不見蹤影；天空突生異變，烏雲翻滾，豪雨傾盆而下。

老者安慰眾人不必驚慌，之後帶著他們下山，在一戶貧寒人家的破舊屋簷下避雨。眾人嚇得瑟瑟發抖。老者對豐雄道：「我觀你面無血色、印堂發黑，必是被妖精所惑。適才若不救你，你早晚會送了性命。今後千萬留神，不可大意。」

豐雄慌忙跪下磕頭，將前事仔細敘述一遍，哀求道：「還請仙翁搭救小人性命。」

老者道：「原來如此。這孽障其實是條大蛇，修煉多年，幻化為人。傳言她生性淫蕩，同牛交媾可生麒麟，與馬交媾則生龍馬。此番魅惑於你，想必是因為你相貌俊美，勾起了她的淫欲。我看她對你極為癡情，你今後若不加倍提防，性命恐怕危在旦夕。」眾人聽了更加惶恐，對老人益發尊敬，頂禮膜拜，口口聲聲「神明顯靈」。

老者笑道：「老夫並非神明，而是大和神社的神官，名叫當麻酒人。就讓我送你們回家吧。」眾人便跟著老者踏上歸途。

次日來到大和鄉，豐雄向老者千恩萬謝，送上美濃絹三匹、築紫綿兩捆，同時懇求道：「望神官袚禊除妖，幫小人徹底去除蛇精之害。」老者收下謝禮，一一分贈給其他神官，自己分毫未取。他對豐雄說：「那蛇精貪你英俊，癡纏於你；你又被她幻化的美色所迷，陽氣盡失。如果你想擺脫她的糾纏，從今以後須得振作精神，同時清心寡欲、收斂心猿意馬，屆時無需老夫助力，也能自行驅邪逐惡了。」豐雄如夢初醒，反覆道謝，辭別了老者。

回到金忠家，豐雄向姊夫說：「幾個月來，小弟身受蛇精魔惑，皆因心性不正所致。我對父不孝、對兄不悌，還給姊姊、姊夫添了不少麻煩，實在過意不去。這些日子承蒙關照，恩情容我之後再報。小弟就此別過。」說罷便向金忠夫婦告別，回到故鄉紀伊國。

家中父母與兄嫂聽了這件可怕的怪事，終於明白盜寶之事並非豐雄的過錯，對他心生憐憫，又擔心那蛇精再來糾纏滋事，彼此商量道：「這一切怪事，都肇因於豐雄孤身未娶，才給那妖精可乘之機，咱們還是儘快讓他娶妻成婚吧！」

恰巧，在芝鄉有位姓芝的莊司，其女富子在京都皇宮中充任女侍，得到大內恩准，辭職還鄉。莊司托人來大宅家說媒，想招豐雄入贅為婿。大宅家求之不得，馬上允了婚約。

富子聽說豐雄俊秀，也頗為歡喜，一從京都回到家鄉，便高高興興地與豐雄成親。她長年在宮中侍奉，知書達禮、舉止得體，並且相貌清雅、溫柔體貼，堪稱妙人。洞房之夜，豐雄雖然偶爾想起與蛇精相戀的往事，但面對富子，卻也覺得心滿意足、萬般如意了。

次日夜裡，豐雄多喝了幾杯，帶著醉意戲謔富子道：「妳常年住在宮裡，見過世面，一定不大滿意我這個鄉下人吧？宮中時常出入宰相、中將等貴人，妳跟他們卿卿我我，有些曖昧也說不定哩。這些雖說都是過去的事了，可我難免會嫉恨呀！」話聲剛落，富子猛地抬頭道：「忘卻舊愛、貪戀新歡，不正是夫君的專長？還敢跟我說什麼嫉恨？我才恨你入骨！」

豐雄聽了大吃一驚，眼前的「妻子」，明明是富子的面容，怎地聲音竟成了真女兒的？豐雄嚇得汗毛倒豎、背脊發涼之際，那女聲又冷笑道：「夫君不必驚疑。儘管你將我們的海誓山盟拋諸腦後，但緣分註定，我們又再度聚首了。夫君若再信讒言，二度將我拋棄，我就一定會報仇雪恥。紀州之山極高，我可令你的血從山頂流到谷底；勸你好自為之，切莫枉送性命。」豐雄聽了，以為自己命在頃刻，渾身顫抖、幾欲昏厥。

屏風後又有人厲聲道：「公子天賜良緣、享盡豔福，還有什麼不滿意呢？」蛇精的婢女邊說邊走了出來。豐雄嚇得魂不附體，癱倒在地。真女兒與婢女你一言我一語，一會兒對豐雄溫言撫慰、一會兒又惡語恫嚇，豐雄如同挺屍般，呆楞楞熬到了天明。

天色大白後，豐雄掙扎著逃出寢室，向莊司敘述了昨夜發生的可怖之事。他生怕背後有人偷聽，低聲道：「請岳父一定要想個對策，幫小婿逃過這場劫難。」莊司夫婦也嚇得面青唇白，唉聲歎氣道：「這該如何是好？——對了！聽說京都鞍馬寺有位大法師，每年都來熊野神社參拜，昨晚就宿在對面那座山的寺院裡。據聞這位法師神通廣大，法力無邊，能去除瘟疫、降妖除魔、撲滅蝗災，本鄉人都對他極為信服。咱們就請他來對付蛇精吧。」說罷，急忙遣人去請法師。

法師聽莊司講完前因後果，不屑道：「降服此等蛇妖，易如反掌，請諸位放心。」眾人見他毫不在意，跟著鬆了口氣。

法師取出雄黃，加水調和，裝在一個小瓶中便直奔富子寢室而去。眾人畏畏縮縮，不敢跟從。只聽法師嘲弄道：「男女老幼都在這兒等著吧。看我即刻捉拿那條蛇精出來。」說完逕向前去，一把拉開了寢室紙門。

說時遲那時快，紙門一開，一個巨大的蛇頭「呼！」一聲向法師猛撲而來。只見那蛇頭比雪還白，眼亮如鏡、角如枯木，氣勢洶洶堵在門口，血盆大口有三尺多寬，吐著腥紅的舌信，作勢要將法師一口吞下。

法師驚呼一聲，將手裡的雄黃瓶一丟，渾身戰慄，連滾帶爬地逃了回來，向眾人道：「太可怕了！太可怕了！這不是尋常蛇妖，而是作祟的邪魔，非本人所能降服。若是逃慢一步，我就被牠吞吃入腹了啊！」說著竟暈倒在地。

眾人連忙將法師扶起，見他手、足、肌膚、顏面，全都籠罩著紫黑之色，渾身滾燙，看來是中了蛇妖的毒氣。待到後來，這法師竟然只剩下眼珠能夠轉動，一句話也說不出來。眾人往他身上澆灌冷水，卻無濟於事，法師終於毒發而亡。

眾人見狀更加惶恐，抱頭痛哭。豐雄眼見大勢不妙，把心一橫，說：「連法術高明的法師也鎮不住那蛇妖，她若執意害我，我就算逃到天邊也是無用。為了我一人連累大家，更是不義之舉。現在，大家別替我想辦法了，我自己去應付她。」說罷抬步向寢室走去。莊司家的人以為他瘋了，紛紛勸阻，豐雄置若罔聞，拉開寢室的門毅然入內。

屋內寂靜無聲，只有蛇精與婢女相對而坐。蛇精對豐雄道：「我與夫君到底有何怨仇？傾心相愛，竟換來夫君找法師捉拿我？若夫君以後再敵視於我，不單夫君一人，全鄉人都將不得好死。我對夫君一往情深，也請夫君以誠相待，切勿再生異心。」蛇精花言巧語、搔首弄姿，此時的豐雄已對她十分厭惡，眼前情狀更令他感到不適。

豐雄強忍心頭不快，虛與委蛇道：「俗話說『人無害虎心，虎有傷人意。』妳以常人難及的心思，幾次三番糾纏於我，害我吃盡苦頭。如今又恐嚇威脅，實在太過惡毒。我知妳愛我之心，與凡人相同。只是妳待在這裡，會令鄉人擔驚受怕。求妳放過富子，只要妳答應，我便隨妳到天涯海角，任妳所為。」蛇精聽了大喜過望，欣然應允。

豐雄走出寢室，對莊司道：「我被蛇精糾纏，連累眾人跟著受罪，當真於心不忍。請您讓我離開，以保全富子的性命。」

莊司執意不允，道：「我也是堂堂武士後裔，如果犧牲你來換取安寧，那太窩囊了，日後有何面目去見親家？咱們還是另想對策。聽說小松原道成寺有位法海和尚，法力精深，非尋常法師可比。如今雖已年邁，無事不出寺門，但我去苦苦哀求，他總不會見死不救的。」言罷立即上馬，風馳電掣，去請法海來救。

路途雖遠，莊司馬不停蹄，終於在深夜時分趕到道成寺。法海和尚從禪房出來，聽了蛇精作祟的原委，道：「真是可憐。貧僧雖已老朽，法術不怎麼靈光了，但絕不會坐視不管，任由蛇妖殘害百姓。你先請回，貧僧隨後就到。」說完取出一件用芥子香薰過的袈裟交給莊司，囑咐道：「好言將那孽障哄到身邊，用袈裟兜頭蒙住，然後使勁壓著。千萬不可鬆手，沉住氣，心裡默誦佛經，這樣她就逃不掉了。」莊司十分高興，帶著袈裟又連夜策馬疾馳，回到家中。

抵家後，莊司悄悄喚來豐雄，密語道：「如此如此，這般這般，小心行事。」說完便把袈裟交給豐雄。

豐雄懷裡藏著袈裟，來到寢室，對蛇精說：「岳父答應我跟妳離開了，這就走吧。」蛇精喜出望外，警惕之心頓失。豐雄乘機掏出袈裟，猛地蒙到蛇精頭上，使盡渾身力氣死死壓住不放。

「好痛苦啊！」蛇精哀求道：「快鬆手吧！夫君對我怎能如此無情呢？」豐雄毫不理睬，越發用力地按住她。

便在此時，法海和尚趕到，在莊司家人的攙扶下來到寢室。他口中念誦咒語，叫豐雄鬆開手，掀開袈裟一看，只見富子俯臥在地，不省人事；背上盤著一條三尺多長的白蛇，僵硬不動。法海提起白蛇，裝進徒弟手捧的鐵缽裡。接著又念念有詞，誦了一通咒語，一條一尺多長的小蛇由屏風後慢慢爬出。法海抓住牠，也裝入鐵缽中。最後用袈裟將鐵缽裹得密不透風，登轎離去。在場諸人千恩萬謝，合掌致敬。

法海返回道成寺，在佛殿前掘了一個深坑，埋入鐵缽，又施法封印，使蛇精永遠無法再現人間。道成寺迄今仍留有「大蛇塚」。後來，莊司的女兒富子因病身故，豐雄則在這場災劫中倖免於難——這便是「蛇性之淫」的傳說。

白蛇傳的日本詮釋

胡川安

《雨夜物語》大部分的篇章都來自中國的小說，有三篇來自明代的小說「三言」，四篇來自《剪燈新話》，其餘二篇的靈感來源比較多元。上田秋成的〈蛇性之淫〉雖然源自中國的小說，但不是單純的抄襲，而是在原有的情節上改寫，並且加入日本社會的風俗和時代背景，將小說變成日本文學的一部分。

〈蛇性之淫〉在《雨夜物語》中的篇幅最長，描寫古代日本紀伊國三輪崎地區漁主大宅竹助的小兒子豐雄，有一天因為避雨而到了一戶漁民之家，結識了年輕美麗的寡婦真女兒，一旁還有她的奴婢，一見傾心，真女兒以寶劍相贈，作為定情之物。隔日，豐雄的兄長發現了這把寶劍是神社失竊的劍，以為是豐雄所偷，將豐雄送到官府求饒。豐雄帶著官員到真女兒的家，沒想到什麼都沒有，家裡也亂七八糟，而且真女兒也隨著雷聲消失了，真女兒後來又以不同的方式出現。豐雄透過高僧的開示，才知道真女兒是蛇妖幻化而成。豐雄醒悟了之後，祈求高僧將蛇妖抓住，埋在道成寺之下，永世不得超生。

〈蛇性之淫〉故事的源頭很明顯地來自中國明代馮夢龍的《警世通言》

二十八卷的〈白娘子永鎮雷峰塔〉，故事背景是南宋紹興年間，主角許宣是一個經商的青年，〈蛇性之淫〉的背景則是秋成的江戶時代。德川家康定都江戶後，因為天下太平，經濟得以發展，庶民也跟著富裕起來。雖然〈蛇性之淫〉開頭說：「不知在哪一年、哪一個朝代」，但其中所描寫的家庭背景和社會文化，很明顯是江戶時代的氛圍，當時有不少平民可以靠經商而致富，過著與以往不同的富裕生活，主角豐雄的家庭就是善於販賣漁貨而致富。

值得關注的一點在於中國與日本對於「蛇」的認識與象徵，〈白娘子永鎮雷峰塔〉是馮夢龍採集民間傳說寫成，反映了中國古代對於蛇的形象從「妖」幻化成人，其中與白蛇間的情慾糾葛，反映當時市民追求愛情自由和性的解放。在中國的白蛇雖被法海所收服，但對許宣仍然癡情的愛著，並且寬恕許宣，從恐怖的蛇妖變成了溫柔婉約的女性。相較之下，上田秋成的蛇妖則讓人畏懼，對於豐雄癡情的愛最後轉為無止盡的恨，苦苦相逼，即使豐雄娶了富子為妻後，還附到富子身上，不肯放過，讓整篇小說仍然維持著恐怖的色彩。

從〈蛇性之淫〉也可以看到上田秋成對於妖怪世界的看法，上田對於不可思議的事情不用理性去理解，認為那是儒家的主觀看法，他認為：「所謂的儒者成了很主觀的人，說妖怪不存在，就侮辱了敝人講的幽靈故事。」上田秋成更進一步的認為不管是甚麼樣的妖怪附在人體上時，有問題的都是人的那一方，因為人的好壞決定了妖怪附身的原因，是人本身招引了災難，乃一切的禍端。同樣的白蛇故事，因為中日兩個的文化差異，產生不同的情節。

青頭巾

時日一久，
住持心神喪亂，竟成了瘋子。
他把那少年的屍體當成活人一般，
與之嬉戲作樂。

寺裡其他人認為住持已變成了山鬼，嚇得四散奔逃。後來，一到夜間，住持就下山進村，或襲擾村民，或掘墓食屍。

〈青頭巾〉《雨月物語》／安和五年
桂宗信繪

從前，有位得道高僧，名為快庵禪師[1]。禪師自總角[2]之年便刻苦鑽研禪宗奧義，時常雲遊八方，求師問學。

某年夏季，他在美濃國龍泰寺修完禪課後，於初秋之時前往奧羽一帶，隨後又來到下野國。當行到該國的富田村時，天色已晚，便想尋覓一戶人家借宿。

他走到一棟大宅前，正欲開口叫門，恰好有一群耕田歸來的農夫，在暮色昏黃中見到他的背影，登時驚慌失措，高聲大呼：「不好了，山鬼又來啦，大家快跑啊！」聽到喊聲，大宅裡的人都慌亂起來，婦孺老少哭喊號泣，爭著四處躲藏。大宅的主人揮舞著扁擔，怒容滿面地衝出來一看，門外站著的是位年近五旬，頭戴青頭巾、身穿黑僧袍、背負舊包袱的老僧。

快庵禪師舉杖致意，問道：「這位施主為何如此緊張？貧僧只是個行腳僧，想在府上借宿一晚，故而站在門外等人開門，未料竟引來怪論，真令人一頭霧水。貧僧絕非什麼打家劫舍的強盜，萬勿見疑。」

大宅主人將扁擔一丟，撫掌大笑：「哈哈，是他們看走眼，認錯了人，讓大師受驚了。大師快請進，今晚敝宅當盛情款待，補償適才冒犯之過。」說罷恭恭敬敬地行了一禮，將快庵禪師請到裡屋，設宴款待。

飯後，主人對快庵禪師說：「方才農夫們將您誤認作山鬼，事出有因。本地有個奇聞流傳，因為太過不可思議，引起了人們的恐懼。村郊山上有座廟宇，是本地望族小山氏的菩提院[3]，歷代皆由大德高僧出任住持，現今的住持是本地某位阿闍梨[4]的侄子。他博學多識、修養深厚、素來威信服眾，國中諸人都喜歡到寺中佈施、皈依。我們一家人也常去禮佛，與住持頗為熟稔。」

「去年開春，住持受越國5一位灌頂6戒師的邀請，在彼處逗留了百餘日，返寺時帶回一名十二、三歲的少年，說是讓少年服侍起居。那少年容貌俊秀，住持對他寵愛有加。漸漸地，住持開始疏於佛事，變得懶散懈怠。今年四月，那美少年突患急病，臥床不起，住持請來國府最好的醫生為他診治，卻藥石罔效，不數日間病情加重，終於一瞑不視。」

「住持失此少年，如喪珍寶，終日長吁短歎、不勝悲痛，以至嚎啕到無淚、失聲。他既不肯將少年的屍骸送去火葬，亦不肯讓他入土，天天與遺骸臉貼著臉、手把著手。時日一久，住持心神喪亂，竟成了瘋子。他把那少年的屍體當成活人一般，與之嬉戲作樂。屍肉腐敗發爛了，他覺得可惜，竟將腐肉吞食入肚，還吸吮屍骨，直至將整具屍體啖盡。」

「寺裡其他人認為住持已變成了山鬼，嚇得四散奔逃。後來，一到夜間，住持就下山進村，或襲擾村民，或掘墓食屍。我們以往只在古物語中聽過山鬼的傳說，現在卻親眼目睹。村人無力阻止山鬼惡行，一到傍晚，家家戶戶便緊閉門窗。近來此事逐漸在國內傳開，外地人大多不敢到我們村子來了。村民們見到大師，才因此生出了誤會。」

快庵禪師聽主人講完這段故事，說道：「天下離奇之事，真是數之不盡。人生於世，倘若不識佛法無邊，不知佛與菩薩教化廣大，就會渾渾噩噩，虛度一生，最後被愛欲邪念蒙蔽，犯下罪孽，陷入業障苦海中。

某些人前生乃是獸類，今生為人便獸態復萌，殘暴瞋恚；某些人前生是鬼是蟒，今生就要蠱惑作祟。古往今來，這些例子多到不勝枚舉。又有一種人，雖然活著，卻要化作鬼魅。如楚王宮女化為蛇，王含之母變夜叉，吳生之妻變成飛蛾等等。[7]還有，古時候一個遊方僧人夜宿在貧苦百姓家。那一晚風雨交加，吹滅了屋裡的燈火，漆黑一團，遊僧輾轉難眠。深夜時分，忽然聽見羊叫聲；不一會兒感到有一活物在不停地用鼻子嗅著自己；登時驚起，抄起放在枕邊的禪杖，用力一擊。那活物慘呼一聲，翻倒在地。這家的老嫗聞聲而醒，掌燈一照，倒地者竟是她的女兒。老嫗痛哭流涕，哀求遊僧趕快救人。遊僧手足無措，不知如何是好，覷個空，急忙從這戶人家逃跑。過了段時間，遊僧又路經該村，見田裡圍了許多人在看熱鬧，上前詢問發生何事，村人答道：『捉到一個變成鬼的女人，大夥兒正合力把她埋掉。』[8]」

「然而，以上那些例子中，化身鬼魅的皆是女子。還未嘗聽聞男子變成鬼。因為女子比較容易被內心欲望迷惑，導致性情乖張偏執，變成卑鄙可怖的厲鬼。隋煬帝臣子中有個麻叔謀，嗜食小兒嫩肉，時常偷拐民間幼童，蒸而為膳。此等人生來即無理性，乃是冷酷兇殘的野蠻人，與您所說的那個變成山鬼的住持截然不同。至於住持為何會活生生變成山鬼，想來是往昔因緣所致。他也曾竭力苦修，虔誠向佛，意志堅定，若不是戀上那個美少年，定會成為一位大德聖僧。只可惜一朝陷於愛欲，步入歧途，引來無明[9]業火焚身，終於令他變成了山鬼。過往一切努力前功盡棄。同樣一個人，心思放縱則墮落成魔，心思收斂則證悟佛果，這位住持便是極好的例子。貧僧想，就由我來教化此鬼，使之重拾人性，作為今夜蒙您款待的回報。」

主人聽罷，欣慰萬分，熱淚盈眶，在席上磕頭道：「大師若真能行此善事，國中之人就如入淨土了！」山村夜晚安寧靜謐，連寺廟的鐘聲也聽不到。下弦月光從破舊門縫瀉入，使人驚覺夜色已深。主人說道：「那麼，就請大師歇息吧！」告退出門，回自己的寢室安歇。

次日申時，夕陽西斜，快庵禪師特意走訪了那座位於村郊山上的廟宇。山寺顯然已長久無人居住，寺門佈滿荊棘，經閣遍生青苔；殿中並排的佛像間蛛網纏繞，護摩壇[10]裡燕子糞堆積，住持的禪房與走廊一派淒涼。

快庵禪師入寺後，搖動錫杖，發出聲響，喚道：「我乃遊歷四方的雲水僧，今晚能在此借宿嗎？」連喚數聲都無人應答。

好一會兒，才從僧房中慢吞吞地走出一個骨瘦如柴的僧人，踉踉蹌蹌、搖搖晃晃，站也站不穩。他嘶啞著嗓門，說道：「看來大師是遠道而來，路經本寺。您有所不知，本寺因故荒廢已久，早成了一座空蕩蕩的破廟。寺裡一粒米糧也無，哪怕一宿也無法招待客僧，您還是趕快下山，去村裡求宿吧！」

1 快庵禪師：即快庵妙慶，曹洞宗無極派高僧。實際存在人物，在日本古籍《本朝高僧傳》《延寶傳燈錄》《大中寺緣起》有傳或記錄。

2 總角：指八、九歲至十三、四歲的少年。古代兒童將頭髮分作左右兩半，在頭頂各紮成一個髻，形如兩個羊角，故稱「總角」。

3 菩提院：這裡指家廟，是某一家族固定皈依的寺廟。

4 阿闍梨：又稱阿奢黎、阿舍梨等，意為師範、規範師、正行，指匡正弟子行為，堪為師範的高僧。

5 越國：令制國設置前的古地名，亦稱越洲，約相當於今日日本的北陸地方。

6 灌頂：梵語的意譯。原為古印度帝王即位的儀式，佛教密宗效此法，凡弟子入門或繼承「阿闍梨」位時，必須先經本師以水或醍醐灌灑頭頂。灌頂使受灌者成熟為修密之容器，從此可聽聞修習殊勝之金剛乘。

7　此處所舉諸例，全部出自中國明朝謝肇淛的《五雜俎·卷五·人部一》。需要特別說明的是，因為古書並無標點斷句，上田秋成對這些例子解讀有誤。《五雜俎》原文為：「化為狼者，太原王含母也；化為夜叉者，吳生妾劉氏也；化為蛾者，楚莊王宮人也；化為蛇者，李勢宮人也。」對比原文可以看出，上田秋成顯然將之誤斷句為：「太原王含母也，化為夜叉者；吳生妾劉氏也，化為蛾者；楚莊王宮人也，化為蛇者。」故而造成所舉例子在對應上出現錯誤。

8　此例亦來自《五雜俎·卷五·人部一》。原文為：「有遊僧至山寺中，與數人宿，夜深聞羊聲，頃便入室就睡者，連嗅之。僧覺，以禪杖痛擊之，踣地，乃一裸體婦人也，將以送官，其家人奔至，羅拜乞命，遂舍之。他日僧出，見土官方執人生瘞之，問其從者曰：『捉得變鬼人也。』」

9　無明：無智、煩惱、不覺，對諸法事理無所明瞭，稱為「無明」。無明是一切生死煩惱的根本。

10 護摩壇：又稱光明壇、護摩火壇、軍荼壇、火漫荼羅。「護摩」是梵語音譯，意為「焚燒」；護摩壇即中央設火爐，焚燒供物之壇。

快庵禪師再度懇求：「貧僧自美濃國來，在前往奧州的途中，經過山下小村，見此地山青水秀，便想登山觀賞一番。不覺日影西沉，下山回村路途頗遠，懇請院主大開方便之門，務必容許貧僧借宿一夜。」

寺僧道：「這般荒涼破廟，絕非容身之所，何苦定要強留？不過，我也不好強攆你走，那就悉聽尊便吧！」說罷不再多言，快庵禪師便在寺僧身旁盤膝坐下。

夕陽漸漸隱到山后，暮色沉沉，寺中也不點燈，漆黑一團，只聽得山澗流水潺潺作響。寺僧起身自行回僧房去，四周了無聲息，萬籟俱寂。

夜闌更深，月上山頭，明月皎潔的清輝撒滿整座寺廟，映得殿中十分亮堂。子夜時分，那寺僧忽然從僧房裡出來，鬼頭鬼腦地在殿內四下尋覓，卻什麼也沒找到。只聽他怒吼道：「禿驢藏到哪裡去了？應該就在這裡的，為何不見蹤影？」寺僧一邊大吼，一邊反覆搜尋快庵禪師的蹤跡。

他卻不知，自己已經從快庵禪師身前走過數次，卻無論如何都看不到快庵。他在佛殿和庭院間來回狂奔，跳躍吼叫，終於體力不支，累倒在地。

旭日東昇，天光大白，寺僧如夢初醒，一張眼，見快庵禪師仍在昨日的位置上坐著，不曾移動分毫，不禁怔住了。他靠在柱子上，周身乏力，長吁短歎，默然無言。

快庵禪師走到他身旁，問：「院主何故歎息？若是腹中饑餓，就請享用貧僧身上的肉吧！」

寺僧道：「大師整夜都坐在原地未動嗎？」

快庵禪師答道：「貧僧徹夜未眠，正襟危坐，一動不動。」

寺僧羞慚道：「小僧泯滅人性，貪食人肉，不過確實還未嚐過僧人之肉。大師真乃活佛現世，小僧被鬼眼障目，竟視而不見，真是慚愧啊！」說完垂頭無語。

快庵禪師道：「聽村裡人說，你是為愛欲所陷，才墮入餓鬼道，真是可悲可憫。這也是世間罕有的惡因惡報。你夜夜去村中殘害村民，攪得山村不得安寧。貧僧聽說此事，不忍棄你於孽海，才特地來寺中找你，盼能教化你找回人性。你肯聽從貧僧的教化嗎？」

寺僧答道：「大師果然是活佛再世。如蒙救拔，教誨真理，小僧定棄惡從善，拋棄心中愛欲癡嗔。」

快庵禪師道：「甚好。那麼你隨我來！」說著便帶領寺僧坐到廊簷前一塊平整的石頭上，脫下自已的青頭巾，戴在寺僧頭上。然後傳授他二句證道歌，歌曰：

江月照，松風吹，
永夜清宵何所為。[11]

歌罷，快庵禪師對寺僧囑咐道：「你便在此靜坐，別急著離開，慢慢領會這兩句歌中包含的真意。待你徹悟之後，自然就會恢復佛心。」

殷殷教導一番後，快庵禪師下山離去。從此村民們再也不見山鬼為禍；卻因為對寺僧心有餘悸，沒人敢上山探視，寺僧是生是死，便也無從知曉。

轉眼一年過去。次年冬天，十月上旬，快庵禪師由奧州歸來，再度途經富田村。他又去拜訪上回借宿過的人家，並探聽那寺僧的消息。主人歡喜相迎，說：「多虧大師宏法，那鬼僧再也沒有進村傷害村民，現在村民們都好像生活在極樂淨土一般。只不過大夥兒誰也不敢上山，因此不知鬼僧後來的情況，料來也活不到如今吧。今晚就請您在舍下安歇，為他祈祝冥福，闔村村民都會隨您一起誦經祭弔。」

快庵禪師搖頭道：「不，那寺僧若已善果圓滿，坐化升天，則貧僧乃是他的導引之師；如尚存人間，也算是我的徒弟。因此無論如何，我都要上山確認他的結果。」說完，快庵禪師便二度登上村郊那座山。由於人跡罕至，山路已與去年來時完全不同；進到寺裡一看，荻草和狗尾草長得比人還高，將石階遮蔽得難以辨認，草上灑下的露水好似小雨一般。這般景象，與「舍中有三徑」[12]倒也有幾分相似。佛殿與經閣的門東倒西歪，住持的禪房和走廊，因受雨水浸蝕，已腐痕累累，生滿青苔。

快庵禪師又向寺僧打坐的廊簷下望去，模模糊糊中依稀有個人影。近身一看，那人鬚髮蓬亂，已分不清是僧是俗，在叢生的雜草中端坐，仿佛一尊石像，口中發出細如蚊蚋的低語聲。快庵禪師凝神傾聽，隱約聽到寺僧念的正是證道歌：

江月照，松風吹，
永夜清宵何所為。

禪師見狀，高舉禪杖，大喝道：「汝今何所生？汝今何所為？」當頭一擊，寺僧登時如煦陽融冰，化為烏有。只剩那領青頭巾與屍骸白骨，殘留於草葉之上。長久以來的執念終於煙消雲散。佛理之至真、可貴，由此可證！

此後，快庵禪師名聞遐邇，德行播於天下。眾人都說他是禪宗始祖達摩再世，四處稱讚他的功德。村民們自願上山，一起將荒廢的山寺清理乾淨、修葺一新，鄭重迎接快庵禪師駐寺，出任住持。

從此以後，快庵禪師將原屬密宗的山寺，改闢為曹洞宗的靈場，這靈場至今仍廣受尊崇，香火不絕。

11 出自中國唐代玄覺禪師所撰《永嘉證道歌》。

12 語出晉・趙岐《三輔決錄・逃名》：「蔣詡歸鄉里，荊棘塞門，舍中有三徑，不出，唯求仲、羊仲從之遊。」後世以「三徑」指隱者的家園。

佛魔本一體

胡川安

雲遊四方的快庵禪師頭戴青頭巾，在傍晚時尋求地點投宿，但卻引起當地人的驚慌。一問之下原來山上有名修行多年的住持，去年春天前往越國，之後帶回一位十二、三歲的俊美少年。住持十分迷戀少年的青春，起了凡心，忘卻出家人應有的分際。後來少年染上奇怪的疾病，無法治癒而過世，僧人無法置信，傷心欲絕，不肯將少年下葬，成天與屍體玩樂，肉身腐爛後還吞食屍體，吃掉了整具屍體。僧人變成了山鬼，到了晚間就會攻擊村民。

〈青頭巾〉的原型採自中國的小說和典故，除此之外，還借用佛教公案，讓整篇小說更為豐富和值得玩味，也可以顯露出上田秋成的漢學功底和轉換相關典故的用心。從情節上來說，〈青頭巾〉可以看到借用日本的《怪談耳袋》《豔道通鑑》和中國的《水滸傳》和《酉陽雜俎》。

小說以〈青頭巾〉為名，此在佛教的典故中其來

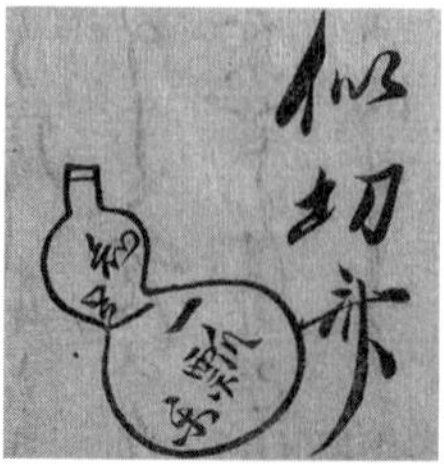

豔道通鑑：《豔道通鑑》為江戶前期的神道家增穗殘口所撰，以男女之情為中心闡述神道與日本國體思想。插圖為享保四年，武川善右衛門所出版的版本。

有自；江戶時代所流傳的小說有個類似的故事，遠州的一名游僧幫助陷入鬼道的僧人頓悟，故事中的遊僧也是吟唱《永嘉證道歌》：「江月照，松風吹，永夜清宵何所為。」從上田秋成所閱讀過的書中，可得知他對於高僧幫助「食人妖」離苦得樂，重歸正道的事情應該相當熟稔。

上田秋成對於佛學的造詣相當深刻，他飽讀佛教不同宗派的書籍，轉化成自己創作的靈感。〈青頭巾〉中的「食人鬼」為出家之人，卻無法忘情於塵世中的情慾，佛法與情慾間的拉扯即是通篇的主旨，「心思放縱則墮落成魔，心思收斂則證悟佛果」，快庵禪師要讓食人鬼了解佛法的廣大，重返人性，最後將自己的青巾摘下，掛在食人鬼的頭上，要他咀嚼證道歌的真義，領悟其中的真諦。

要成佛，需要先降魔，禪宗的《大方廣佛華經．離世間品》中提到菩薩降魔時指出：「為諸天世人有懷疑者斷彼疑故，示現降魔；為教化調伏諸魔軍故，示現降魔……為顯示菩薩所有威力世無所能敵故，示現降魔。」降魔是為了讓世人知道菩薩的正道，透過降魔彰顯菩薩的威力，但如此還不是佛法；〈青頭巾〉對於佛學描寫最為透徹之處就是體現了「佛魔一如」，佛和魔都由心所生，兩者本來就是一體，如果心念的是眾生則是佛，心念的是自己則是魔，佛與魔只在一念之間，佛性越強，也會加強自己的魔性。

文章的結尾收在快庵禪師一年後重返故地，看著食人鬼仍然反覆吟誦著「江月照……」，但人形逐漸模糊，快庵高舉禪杖，呵叱道：「汝今何所生？

汝今何所為？」當頭一擊，頓時冰消瓦解，脫離我執，煙消雲散，食人鬼的消失，也讓快庵禪師的修行更上層樓，讓佛與魔成為一體。

貧富論

寶劍雖利，
難敵千人；
黃金之力，
卻可令天下人拜服。

「在下既非魑魅，亦非凡人，而是大人所蓄黃金中的精靈。多年來蒙您至誠相待，感激不盡。今日見大人褒獎僕人黃金十兩，不勝欣慰感慨。故而化作人身，冒昧前來拜訪，欲與大人秉燭夜談。」

〈貧富論〉《雨月物語》／安和五年
桂宗信繪

在陸奧國[1]蒲生氏鄉的家臣中，有一個名叫岡左內的武士，譽高祿厚，名震關東。左內性情乖僻，熱衷於追逐富貴，與其他武士重義輕利的價值觀截然相反。他平日力求節省、簡樸持家，日積月累，家底日益殷實，成為當地有名的富人。

左內在習武練兵之餘，不好以品茗玩香自娛，而喜歡將諸多金器陳列在大廳上，逐一把玩。其中陶然自得的樂趣，遠勝過世人在花前月下流連。人們對左內這個怪癖十分蔑視，紛紛挖苦他是不折不扣的吝嗇鬼。

某日，左內聽說家中一個服侍自己多年的僕人，積蓄了一錠黃金，便將那僕人喚到身旁，說道：「昆山之璧，處亂世之中，亦與瓦礫無異。身為武士，生逢動盪歲月，最先該期盼得到的，自然是棠溪、墨陽[2]出產的寶劍；其次則要獲取金銀財寶。可是寶劍雖利，難敵千人；黃金之力，卻可令天下人拜服。因此，武士理應珍視黃金，妥善積蓄，以備不時之需。你雖然地位卑賤，卻努力積攢到以自身身份本應極難獲得的黃金，真是值得欽佩。我要大大地褒獎你！」說完，打賞僕人黃金十兩，並准許他出入佩刀。

人們聽了這件事，紛紛改變了對左內的觀感，許多人讚譽有加：「如此看來，左內斂財愛金，實與貪婪之輩不同。真稱得上當世罕見的奇人！」

一晚，左內剛剛睡下，忽然聽見枕邊傳來腳步聲，有人來到榻前。他睜眼一看，燭臺下坐著一個矮小老翁，笑瞇瞇地望著自己。左內從榻上起身，毫不慌亂地望著老翁，神色自若道：「你是何人？來此做甚？若要強借米糧，也該來個年富力強的大漢。似你這等古稀老朽，孱弱不堪，怎敢來擾我清夢？難道是狐精作祟，想施展妖術嗎？嘿嘿，秋日夜長，無以為遣，你若有什麼鬼蜮伎倆，儘管使出來，正好替我解悶。」

那老翁道：「在下既非魑魅，亦非凡人，而是大人所蓄黃金中的精靈。多年來蒙您至誠相待，感激不盡。今日見大人褒獎僕人黃金十兩，不勝欣慰感慨。故而化作人身，冒昧前來拜訪，欲與大人秉燭夜談。雖是十無一益的閒話，但若憋在心裡不說出來，總是抑鬱難受。為此叨擾大人安眠，備感歉疚。」

老翁頓了頓，接著道：「富而不驕，乃聖人之道。但刻薄之人常說『富者多吝，豪者多愚。』其實這只是指中國晉代的石崇、唐朝的王元寶等豺狼蛇蠍之徒。曩昔，富者都是憑著審天時、察地利，順其自然而發家。周朝的呂望封於齊地，教人民依地利之便治產致富，海邊百姓因此趨利而來；齊國管仲，九合諸侯、一匡天下，雖只是臣子，富裕卻勝過列國之君。范蠡、子貢、白圭等，皆鬻貨謀利，身家上萬。司馬遷羅列上述諸公，撰寫《貨殖列傳》；後世學者卻口誅筆伐，非議甚多，紛紛責備太史公立論鄙陋。殊不知那些學者才是昧於世情。孟子云：『無恆產者，無恆心。』農夫勤勞耕作，五穀豐登；工匠製造器具相助，商賈為其流通貨物。大家各司其職、各憑本事置產發家，祭祖先、孝父母、育子孫，實乃人生於世的最大本份。除此而外，尚有何為？《貨殖列傳》云：『千金之子，不死於市。』又云：『千金之家比一都之君，巨萬者乃與王者同樂。』又有云：『淵深而魚生之，山深而獸往之，人富而仁義附焉。』以上這些都是很自然的道理啊！然而，只因為《論語》中有『貧而樂』這樣的句子，就使諸多文人陷溺其中，迷惘終身。而糾糾武夫之輩，挽弓持矢，渾不知富足乃國之根本，只知攻伐之謀、殺人盈野，害人、毀物、失德，結果必是斷子絕孫。這些都是因為輕財貨、重聲名而受到拖累。老朽以為，人心追名逐利，本質無二。然而重名者多半拘泥於文章學問，輕財賤物、自命清高；所以他們隱遁山野之間，晴耕雨讀，美其名曰君子固窮。這種人雖稱『賢士』，其所作所為卻絕非聖賢之舉。黃金乃是七寶[3]之首，埋於地底，則四周充溢清泉，去除污穢之後，還能隱發妙音。如此雅潔之物，豈能聚於愚鈍貪吝者手中呢？老朽今夜來此，直抒胸臆，多年鬱積的幽憤怨悶一掃而空，當真痛快！」

1 陸奧國：屬東山道，又稱奧州。其領域大約相當於今日的福島縣、宮城縣、岩手縣、青森縣、秋田縣東北的鹿角市與小阪町。

2 棠溪、墨陽：中國古代著名的寶劍產地。《史記》載：「天下之劍韓為眾，一曰棠溪，二曰墨陽……」《戰國策・韓策》亦載：「韓卒之劍戟，皆出於冥山、棠溪、墨陽……」。

3　七寶：歷來說法不盡相同，較常見的說法是指金、銀、琉璃、珊瑚、琥珀、硨磲、瑪瑙。

左內聽完，深有同感，移座向前道：「閣下適才所述富貴之道，顯微闡幽，與我平日所思不謀而合。在下斗膽略抒己見，請多加指教。據閣下所言，世人藐視黃金之德，而不知富貴乃人間大業，實屬大謬。然而酸儒書蠹之見，亦非毫無道理。當今世上，富貴者十中有八貪婪陰險，兇殘冷酷。有的享盡高官厚祿，卻對兄弟親眷中的貧弱者不加救助，更不體恤家中世代驅使的奴僕；有的眼見鄰人家道中落，不但不施援助，反而趁火打劫，以賤價收買其田產，據為己有；有的雖被尊為村中長者，卻對早年欠債抵賴不還，對禮讓他們的人，卻將人家看低一等。偶有故人逢年過節來訪，則疑心人家必是上門借貸，謊稱自己外出而拒人於門外。凡此種種，所在多有。還有一類人，對主君盡忠、對父母盡孝、對尊長盡禮、對貧者盡力，受眾人交口稱讚。然而，他們空有高貴品德，隆冬嚴寒之際，僅有一衣禦寒；三伏酷暑之時，僅得單衣一件，無以換洗。即使在豐收之年，早晚也只有一碗稀粥勉強充饑。這種人不但日漸與朋友疏遠，就算是兄弟親族，也與他們斷絕來往，心中痛苦難言，終其一生窮困潦倒。那麼，他們是懶散不肯努力嗎？不。他們每天早起晚睡，盡心竭力，東奔西跑，無片刻閒暇。那麼，他們是愚笨嗎？也不。只因為懷才不遇，結果就連顏回『一簞食、一瓢飲』的清貧之樂也無緣享受。依佛教觀點，會說這是前世種因、今生受果；依儒家論調，則認為這是天命。倘若真有來世，那麼人們還能指望今生積累陰德，到來世獲得善報；即便今生抑鬱不平，也能稍加抑制。由此看來，富貴之道，佛教的解釋切中事理，而儒家說法則得不到解決。不知您是否篤信佛教？如果我言中有誤，望老先生能加以指正。」

老翁道：「大人所問之事，古來便爭論不休，迄今尚無定論。依佛法闡釋，貧富之別乃由前世善惡所定。此一論點，不過略為概述因果輪迴的道理。倘若前世努力修行，以慈悲為懷，善待他人，今生便能投胎到富貴之家。那麼，世間富人多有憑藉財勢，欺壓貧弱者，他們言語鄙俗、舉止粗野、心地卑劣，令前世累積的功德善行，在今生墮落不堪。這又是怎樣的因果呢？聽說佛陀與菩薩都憎厭名利，為何又囿於貧富之別呢？由此可知，所謂富貴乃前世積德善報，貧賤是前世作惡惡報，都是誆騙鄙夫愚婦的妄談。不計較貧富報應的人，一心一意只管積善，即使本身未得福報，子孫也必定得到庇蔭。《中庸》說：『宗廟饗之，子孫保之』，正是這個微妙的道理。如果本身行善，是冀望有善報降臨在自己身上，就不是真心行善。另有作惡多端、貪財殘酷之人，不但享盡榮華富貴，而且長壽善終，對此在下別有管見，請大人細聽。」

「在下非神非佛，本是無欲無情的黃金之精，暫化人形來與大人談論貧富，因此所思所想與凡人不同。古時的富人，明天時、察地利，靠努力經營治產發家。其過程順應天道，利人利己，財富聚攏到他們手裡，是非常合乎自然法則的。又有一類人，貪斂無度，重視金銀財寶勝過父母，平常節衣縮食，甚至連寶貴的性命也不加珍惜，朝思暮想、念念不忘的唯有金錢。這種人靠著吝嗇積財致富，也是有因可循。在下並無判斷善惡的能力，也沒有窮究其理的必要。獎善懲惡是天、神、佛的事，他們所做的，就是要維持人間正道，非在下這等精靈能力所及。在下只知道，誰惜我愛我、重我厚我，便向誰趨近。這便是黃金、財寶的聚攏與人心善惡無關的原因。還有，某些富人想要締結善緣，無緣無故隨意施惠，不察賢愚便來者不拒，一概施以金錢。這種人即便有善根，金銀財富也終將散盡。原因在他們僅知黃金可用，不識黃金有德；視金錢如糞土，肆意揮霍，焉得不敗？另外有些人，雖然品行敦厚，赤誠待人，但時運不濟，捱苦受窮。上天對他們所賜極薄，儘管忙碌一生，卻與富貴無緣。因此，古之賢人若有益則求，無益便不求。退隱山林，飄然出塵，其行止灑脫逍遙、心境恬淡高遠，實是可欽可敬。」

「雖然如此，但生財也需有術。巧者善於聚財，拙者散財比土崩瓦解更快。我等金銀之精追隨人們的事業興衰而流轉，並沒有固定主人；今日聚於此，明日聚於彼，依照人們的所作所為，如流水般不舍晝夜，來去無休。遊手好閒、不事生產者，即使財富多如江海，也會坐吃山空，消耗殆盡。」

「請恕在下一直喋喋不休。我已反復強調，財富的生聚，其實與人的德行並無直接關聯。君子就算愛財，旁人也不必說三道四。富者或遇機緣、或克制節儉、或勤勞經營，發跡致富，眾人服膺理所當然。我等黃金之精，既不知佛法中的因果報應，也與儒家所說天命毫無關係，不過是遊戲人間罷了。」

左內聽罷，更加興致勃勃，問道：「閣下卓見妙論，令我茅塞頓開，積年疑惑雪融冰消。不過仍有不明之處，尚祈賜教。如今豐臣氏威震四海，五畿七道[4]表面上雖然已日趨升平，但亡國而謀再起之士，潛隱各地。他們托庇於大國之主，靜觀時勢，一旦天下有變，必圖復國，再興主家。而百姓們也並不認為真正的和平已經到來，他們仍處於戰國時的生活狀態，隨時可以拋棄農耕轉執刀槍，武士們更難高枕無憂。這種狀況絕非長治久安之道，究竟誰能一統天下，使蒼生安居樂業呢？屆時，您又將趨附何人呢？」

老翁答道：「人間的氣運興亡，非我等精靈所能知曉。若單以富貴之道而論，武田信玄謀略超群，一生智計百出，其威權雖只限於三國[5]之內，但一代名將的美譽卻舉世稱頌。據聞他臨終曾言：『織田信長[6]真乃幸運兒，吾以往太過輕視於他，以致未及時討伐，如今病倒不起，方才後悔莫及。用不了多久，武田家的子孫就要亡於他手了。』與信玄並立的上杉謙信[7]，也是武勇過人的英傑。信玄死後，本來謙信可以天下無敵，可惜不久後也英年早逝。信長的見識氣量，固然出類拔萃，但智謀遜于信玄、武勇不及謙信，只因善於經營，獨佔富貴[8]，才一度稱雄天下。可惜他為人剛愎自用，終因辱及家臣，遭到背叛而死於非命。由此觀之，信長亦非文武兼備的治國良才。秀吉[9]素有淩雲之志，無奈出身寒微，因羨慕丹羽長秀、柴田勝家的富貴，遂從二人姓氏中各取一字，改姓羽柴。如今秀吉化龍飛升太虛，或許早將當初蟄伏淺池時的境遇，忘得一乾二淨了。秀吉雖然化龍飛升，但窮究其根柢，也不過是蛟蜃之屬，並非真龍；至多三年，其勢必衰。豐臣一族，富貴難以久長。」

「自古以來，凡驕奢無度者當政，絕難長久；但若過於節儉，又會陷於吝嗇。所以明察節儉與吝嗇的界限，至關重大。如今秀吉秉政萬難長久，但萬民安居樂業，家家謳歌稱頌的千秋盛世，即將來臨。我有八字真言，請君牢記。」老翁說罷，高聲詠道：

堯蓂日杲10，百姓歸家。

二人一夜長談，至此方才盡興。遠方傳來寺院的鐘聲，已是五更天了。老翁道：「徹夜清談，有擾安眠。眼下天將破曉，在下告辭了。」站起身來，霎時間消失無蹤。

左內仔細回想夜間所聞，揣摩歌中含義，慢慢領悟了「百姓歸家」[11]的真諦，深以為然。由此推想到「堯蓂日杲」四字，正是寓意著「瑞草生，旭日明」的吉兆啊！

4 五畿七道：古代日本全土在律令制下的行政區域劃分。「五畿」指京畿區域內的五國，又稱「畿內」或「五畿內」；京畿之外則仿中國唐制，以「道」稱之，共分為「七道」。五畿是：山城、大和、河內、和泉、攝津；七道是：東海、東山、北陸、山陽、山陰、南海和西海。

5 武田信玄：一五二一年—一五七三年，日本戰國時代名將，號稱「甲斐之虎」，以「風林火山」為軍旗，開創「甲州流」兵法。其用兵方略與為政之道，在日本戰國史上頗具影響。因長期與上杉謙信爭鬥，雙方勢均力敵，彼此的實力都被大大牽制，故而武田家領地主要只在甲斐、信濃、駿河三國。

6 織田信長：一五三四年—一五八二年，日本承前啟後、絕世無雙的一代梟雄，被譽為「戰國風雲兒」，安土時代之開創者。一五六〇年，織田信長在「桶狹間合戰」中大敗今川氏，登上歷史舞臺。此後，他以「天下布武」為目標，征戰四方，幾乎結束戰國亂世。一五八二年六月二日，織田家重臣明智光秀背叛，率軍猛攻夜宿本能寺的織田信長。織田信長縱火自焚，結束了波瀾壯闊的一生，終年四十九歲。

7 上杉謙信：一五三〇年—一五七八年，日本戰國時代與武田信玄並稱的一代名將，號稱「越後之龍」。其篤信佛教，崇尚「義」，自稱毘沙門天轉世，出家後法號「不識庵謙信」。因擁有極高的軍事統率才能，被譽為「戰國軍神」。

8 信長獨佔富貴：織田信長是戰國時代最重視商業的大名，他開金礦、撤關所、設立樂市，鼓勵商業流通與自由貿易，獎勵技術革新，同時積極謀取對貿易基地堺港的控制權。一系列有力的商業政策，使信長獲得了大筆財富。

9 豐臣秀吉：一五三六年—一五九八年，出身卑微的貧農之子，初名木下藤吉郎。一五五四年投奔織田信長，屢立功勳，逐步升遷為信長麾下獨當一面的大將。一五八二年信長死於「本能寺之變」，秀吉立即從前線回師，討滅叛亂的明智光秀，隨後又于賤岳之戰擊敗柴田勝家，成為織田信長的實際繼承者。他接過信長的旗幟，延續信長的戰略，最終壓倒群雄，在名義上結束了戰國亂世。一五八六年，秀吉受朝廷賜姓「豐臣」，並就任關白。一五九一年，他將關白之位讓給外甥豐臣秀次，自稱太閤。一五九二年，秀吉出兵攻伐朝鮮，損失慘重。一五九八年八月，秀吉病逝於伏見城。

10 堯蓂：傳說帝堯階前所生的瑞草。日杲，日出光明。

11 百姓歸家：意為百姓歸於家康。豐臣秀吉死後，德川家康在一六〇〇年的關原之戰中擊敗忠於豐臣家的石田三成，基本上掌握了全國政權。一六〇三年，他在江戶開設德川幕府。一六一五年「大阪夏之陣」，德川家徹底滅亡豐臣氏，實現了「元和偃武」；德川家康在真正意義上統一了日本全國。

愛錢，有錯嗎？

胡川安

《雨夜物語》共九篇小說，每篇的篇幅都不長，但寓意深刻，而且作者上田秋成學問廣博，從漢學、佛學、小說、民間典故無所不通，〈白峰〉講上皇的怨靈，暗喻為政之道和政治權力間的鬥爭；〈菊花之約〉說朋友間的情誼，反映出戰國時代「下剋上」的社會背景；〈夜宿荒宅〉討論了夫妻之間至死不渝的愛，〈夢應之鯉〉則是遨遊物外的僧人變成鯉魚的故事；〈佛法僧〉從游僧看到戰國武將的鬼魂；〈蛇性之淫〉與〈吉備津之釜〉都是由愛生恨的怨念，幻化成鬼魅而揮之不去地在人間遊蕩。〈青頭巾〉從佛法與情慾的拉扯，讓高僧度化食人鬼。

最後一篇的〈貧富論〉相當特殊，故事情節很簡單，就是日本東北的陸奥國的武士，與自稱是「黄金精靈」的小老頭，進行了關於錢的意義的對話，日本學者阿部正路認為〈貧富論〉是後來「座敷童子」傳說的原型。作者應該是採集東北民間傳說寫成的故事；「座敷童子」是一種精靈，住在家裡或是倉庫中，會經常戲弄家裡的人，也會替家中帶來好運。

《雨夜物語》其他篇不是怨靈，就是鬼魅，〈貧富論〉雖然也有精靈，但相較於徘徊人間留連人世的鬼怪，此篇是黃金精靈和吝嗇武士的對談，比較像是秋成自己對於金錢的看法。〈貧富論〉應該和秋成的人生一起閱讀，秋成小時母親去世，被大阪的紙油商嶋屋上田茂助收為養子，體弱多病，得過天花，差點喪命，後來雖然痊癒了但是手指部分萎縮、殘廢。秋成因為年少的遭遇，個性不擅與人交際，沉浸在古典的學問中，夜宿荒野，喜歡怪誕的民間傳說。養父去世後，嶋屋發生火災，上田秋成破產，幸好得到朋友的幫忙，並且開始從事醫療的工作，安定之後將《雨夜物語》出版，具體地呈現了秋成的金錢觀。

〈貧富論〉中引用了很多中國與日本的典故，其中以西漢司馬遷的《史記・貨殖列傳》和西晉魯褒的《錢神論》最為重要。〈貨殖列傳〉中提到：「天下熙熙，皆為利來；天下攘攘，皆為利往。」司馬遷早已意識到金錢在社會中的巨大趨力，《錢神論》中則指出隨著經濟的發展，金錢所發揮的功用越來越大，似乎控制著整個社會，有如神物一般。上田秋成所在的江戶時代，德川家康統一天下，政治穩定，經濟發展快速，金錢在社會上的地位越來越大。

秋成一生多舛，看盡人間冷暖：透過與黃金精靈暢談金錢的意義，談及為什麼富貴中人十人有八人貪婪陰險，卻享盡榮華富貴，但大部分的善人整日忙碌，卻窮途潦倒，無以為繼。從儒家的角度來，他們是因為天命；依佛教的角度，則是因果。是否此生要積善，來世才能享受榮華富貴？秋成在故事中藉由武士的嘴說出自己的想法。然而，黃金精靈卻說，財富的多寡與個人的德行無關，其中既無佛法，也無儒家的天命。文章最後用金錢分析戰國武將上杉謙信、織田信長、豐臣秀吉的勝敗得失，最後說「天下歸家」，即是沉穩的德川家康，讓日本走向富庶與繁榮的江戶時代。

跋

編輯部

雖然這個時代已經很少有人在寫編輯的話，但做完這套書之後，似乎應該聊一個我們在出版上集之後一直被問到的問題——為什麼要出《雨月物語》《春雨物語》？

其實更多人問的是：《雨月物語》《春雨物語》在臺灣會有市場嗎？

的確，比起小泉八雲的《怪談》，《雨月物語》《春雨物語》在臺灣的知名度就沒有那麼高；知道這兩本著作的，除了是因為名導演溝口健二的同名作品《雨月物語》外，更多是原來就對日本文化有興趣，也有一定認識的朋友。除此之外，《雨月物語》《春雨物語》本身，就是進入門檻比較高的作品。而比起考慮是不是在臺灣有市場，我們的想法會更趨近：如何讓這兩部作品在臺灣有市場，能夠被更多讀者接受？

我們透過王新禧老師的譯序已經可以了解到，《雨月物語》《春雨物語》出版時，就是「寫給讀書人」看的作品。所以這兩部作品也使用了許多典故，而且作者上田秋成很巧妙地將之隱藏在故事背景當中。

即使是〈夜宿荒宅〉這樣看似單純描寫夫妻間情感的作品，也同時反映當時無可奈何的顛沛流離。秋成對於當時的時代背景著墨不多（但註解起來真是不小的工程……）這部分也讓人不禁要思考：秋成不去談戰亂的起因，是不是因為爭權奪利所引起的戰亂，從來都沒有最底層的小老百姓置喙的餘地？既然無從置喙，乾脆就不要提吧，要寫的、他所看見的，總之是無奈。

當然只讀秋成筆下的無奈也沒有不行，只是——既然都已經要出版正體中文版，是不是可以讓讀者能夠更深入一點點，知道秋成為什麼會進行這樣的鋪排？是不是除了文學價值外，我們還能夠藉由這部作品，讓讀者接觸到更深一層的江戶文化？所以我們請到胡川安老師，幫我們逐篇導讀。提出選書的編輯為了表示負責，只好搬出當年學生時代蒐集的幾箱資料，結合王新禧老師的名詞註解，把讀懂這兩部作品的門檻拉低一點，讓更多人能夠領略到那個時代，最出色的小說家之一，呈現在讀者面前的獨特美感。

此外，關於更多當代人能夠理解，但與現代的日本人已經有距離（當然就更別提臺灣讀者）的背景資料，像是〈佛法僧〉中沒有提到的秀次之死、以及〈吉備津之釜〉作者隱而不提，當時對「好妻子」的期待、游女的文化等等，我們透過胡川安老師與編輯部的資源一起完成補充。再加上夏雪老師充滿江戶時代華麗感的封面插圖，以及高安恭之介老師新繪、充滿日本風情的內頁插圖，都是臺灣正體中文版獨有的配置。「希望拿在手上就有江戶的感覺」，這是編輯部的貪心，而如果有更多讀者能夠因為我們的貪心，能夠接觸、甚是更深入地理解這兩部偉大的作品，那就真的是最棒的事了。

上田秋成年表

一七三四年　七月二十五日出生於大阪，父不詳。

一七三七年　成為堂島永來町（今大阪市北區堂島）的紙油商「嶋屋」上田茂助之養子，名為仙次郎。

一七三八年　罹患天花，養父前往加島村（今大阪市淀川區加島）的加島稻荷神社（今香具波志神社）祈福，獲「此子可活至六十八歲」之預言。即使留下手指殘疾的後遺症，至少保住了性命。此後，父子參拜不懈。

一七五一年　遊手好閒但漁獵俳諧、戲作、和漢經典等，與高井几圭、小島重家、富士谷成章、勝部青魚等人素有往來。

一七六〇年　與京都出生的植山たま（阿玉）結婚，兩人膝下無後。

一七六一年　養父過世，繼承「嶋屋」。

一七六四年　於大阪參加與朝鮮通信使一行之筆談會。

一七六六年　首作浮世草子《諸道聽耳世間猿》付梓。師從賀茂真淵一門之國學者——加藤宇萬伎。

一七六七年　《世間妾形氣》付梓。

一七六八年　完成《雨月物語》初稿。

一七七一年　「嶋屋」付之一炬後破產，借住加島稻荷神社神職人員家中，在木村蒹葭堂等友人幫助下，向天滿儒醫都賀庭鐘學習醫術與白話小說。

一七七三年　開始以「秋成」之名於加島村行醫。

一七七六年　搬至尼崎（今大阪市中央區高麗橋）行醫。《雨月物語》付梓。

一七七九年　完成《源氏物語》注釋《夜干玉之庵》。

一七八一年　搬至切丁（今大阪市中央區淡路町）。

一七八四年　完成《漢委奴國王金印考》。

一七八五年　完成《萬葉集》研究《歌聖傳》。

一七八六年　針對思想、古代音韻、假名使用等，與本居宣長展開辨論。

一七八七年　隱居於淡路庄村（今阪急電鐵淡路站一帶）。戲作《書初機嫌海》、俳文法書《也哉鈔》付梓。

一七九〇年　失去左眼的視力。妻子削髮為尼。

一七九一年　完成隨筆集《癇癖談》。

一七九二年　完成評論集《安安言》。

一七九三年　搬至京都，四處遷居。

一七九四年　喜愛煎茶，曾製作茶器。茶書《清風瑣言》付梓。

一七九五年　假名使用研究《靈語通》付梓。妻子過世後，以校訂維生。

一七九八年　右眼亦失明，但在大阪名醫谷川良順治療下逐漸恢復。返回京都後，借住門人羽倉信美家中。

一七九九年　《落久保物語》付梓。

一八〇一年　此年滿加島稻荷神社預言之六十八歲，而編六十八首《獻神和歌帖》獻神。萬葉集研究《冠辭續貂》付梓。

一八〇二年　於西福寺建造自己的墳墓。

一八〇三年　校訂《大和物語》。完成古代史研究《遠駝延五登》。

一八〇四年　完成萬葉集注釋《金砂》《金砂剩言》。

一八〇五年　完成《七十二候》。歌文集《藤簍冊子》付梓。

一八〇八年

完成《春雨物語》、隨筆集《膽大小心錄》、自傳《自像筥記》。書簡文集《文反古》付梓。

一八〇九年

八月八日過世，葬於西福寺。法名為「三餘無腸居士」。

國家圖書館出版品預行編目資料

雨月物語（下） / 上田秋成作 . 初版 .
新北市 : 光現 , 2019.1 冊 ; 公分

ISBN 978-986-96974-2-2(上冊 : 精裝)

861.566 107015827

Speculari 31

雨月物語・下

『雨月物語』・うげつものがたり

作者　上田秋成
譯者　王新禧
企畫選書　張維君
責任編輯　梁育慈
特約編輯　謝佳穎、梁家禎、賴庭筠
裝幀設計　製形所
內頁排版　製形所
地圖繪製　美果設計　林采瑤

總編輯　張維君
行銷主任　康耿銘

社長　郭重興
發行人暨出版總監　曾大福
出版　光現出版
部落格　http://bookrep.com.tw
信箱　service@bookrep.com.tw

發行　遠足文化事業股份有限公司
地址　231 新北市新店區民權路 108-2 號 9 樓
電話　(02) 2218-1417
傳真　(02) 2218-8057
客服專線　0800-221-029
法律顧問　華洋國際專利商標事務所／蘇文生律師
印刷　成陽印刷股份有限公司
初版　2019 年 1 月 14 日
定價　300 元
ISBN　9789869697422

Printed in Taiwan

本書古籍圖片資料引用自
「国立国会図書館デジタルコレクション」